名古屋
城山にて

林 董一
Touichi Hayashi

風媒社

まえがき

『名古屋 城山にて』は、私にとってほぼはじめての随筆集である。五十年近く勤務した愛知学院大学を、平成一六年三月定年退職し、名古屋の東部に位置して、自然の香気揺曳する、戦国武将織田氏の居城末森城趾城山に近い、仕事場で執筆したエッセイのうち、連載された作品を中心に編集された。教育と研究のきびしい現場を離れた、セカンドライフの気安さも手つだい、学問的厳密さから、いささか逸脱した作品も目立つ。御宥恕をこう。

作品IからVへの配列は、一般から特殊への原則にしたがう。付載は大学教員現職のとき、書きためたもの。昭和の残影がそこここにただよう、よき時代の教師の姿、学生とのあたたかな交流を描き、私が愛着をもつ雑文のため、本書にあえて収録させていただいた。これまた御寛容いただきたい。

この小著の出版にあたり、私はいくたりかの方がたに、たいへんお世話になった。城山の林叢《りんそう》でひときわ目立つ、巨樹名木アベマキの、めずらしい連理《れんり》の木を、装幀に見事活用された夫馬孝氏、旧修練施設昭和塾堂の特徴ある建物を中心に、城山の風景を描き、扉を飾ってくださった櫻井妙子さん、複雑な編集刊行の現場で、終始手際よく作業を進めていただいた、風媒社稲垣喜代志会長、劉永昇編集長。ここにしるして、深謝のまことを捧げる。

名古屋　城山にて　目次

Ⅳ　祈りを　私の歳時記　99

ことわりがき

一、この本は付載を除き、ⅠないしⅤの五章によって構成される。内容としては、「まえがき」でふれたように、名古屋商人史関連の作品にはじまり、著者の身辺雑記にいたる順に配列される。

二、個個の作品をこの本に収録するにあたり、なるべく原文どおりとするよう配慮したが、加除修正を加えた個所もすくなくない。

三、年代の表記も、原文のそれを踏襲するようつとめ、あえて統一しなかった。多くは和暦を主とし、（　）に西暦を配したスタイルをとるが、西暦だけの掲記もおおい。

四、同一人物の事績等が再出されることもある。その場合は、なるべく関連する章を、文中に（　）をもって指示した。

Ⅰ　人あつめ、ものづくり

技術先進の風土をさぐる

司馬遼太郎さんの『濃尾参州記』の舞台、美濃、尾張、三河の接する国境、いまの岐阜・愛知の県境のまたがる緑豊かな大地に、二〇〇五年三月下旬から半年間繰り広げられた、「自然の叡智」の饗宴《きょうえん》、愛・地球博。人びとは地元県、市、企業が出陳した巨大な万華鏡《まんげきょう》、音楽をたくみに演奏するロボット、臨場感あふれる超電導リニアの映像に息をのみ、ものづくり愛知、元気印名古屋の迫力を実感したに違いない。だが、金字塔は一朝一夕になるものではなく、そこには長い長い道程があった。

尾張へいこう

話は一七世紀、近世初頭にさかのぼる。織田信長、豊臣秀吉のあとを継ぎ、天下統一の偉業を達成し、江戸から駿府（現・静岡市）に退隠した、徳川家康。彼が愛用する朝鮮伝来の時計、いわゆる和時計がこわれた。「修理のできる者は、いないか」との呼びかけに応じたのは、京都に住み、工芸家を志向する、津田助左衛門《つだすけざえもん》であった。津田はみごとに直したばかりか、もう一台つくって献じた。家康は口をきわめて賞賛した。やがて、津田は家康の愛子で、尾張藩祖徳川義直《よしなお》の城下名古屋を、研鑽《けんさん》の欲求をみたす新天地にえらび、移住した。

津田の決断は正しかった。そこには水をえた魚のように、盛運が待ち受けていた。その理由の第一は、名古屋は江戸、京都、大坂の三都に続く大都会で、交通の要地であること、長崎、京都、仙台など、時計技術の先進地との情報交換にもってこいの位置にある。第二に、尾張人に働き者が多い。理屈より実践を好み、実学を重んずる。第三として、尾張藩の藩風も、彼に幸いした。

自由な藩風、旺盛な民力

尾張藩は将軍家の最近親にあたり、六二万石を領する大藩中の大藩。ときには幕政と相容れない、独自の規制緩和政策を打ち出すこともあった。たとえば悪法の名の高い、五代将軍綱吉の「生類憐みの令」。幕府は広く令し、その順守を迫った。江戸では、動物を殺傷した罪人には、重刑が科せられた。おかげで、市民は戦戦恐恐たる有様だったというが、尾張領ではどこ吹く風。同時期に鹿狩りを派手にもよおし、猪、狼、狐などの獲物を競った。

近世、武家は主君からの拝領地以外、原則として土地の私有が許されなかった。が、この藩では士分も軽輩も、名古屋近郊に土地を持ち、小作人に耕作させるケースもめずらしくない。また、幕府は農民の田畑の売買を禁じた。担税《たんぜい》力の減少、耕地の集中による、地主勢力の増大を懸念したからに外ならない。これにたいし、尾張藩は農地の売却を容認した。

下級武士の間で盛行の内職の公認も、ここでのべるにふさわしい。この時代、下世話に、「武士は食わねど高楊枝」などといわれ、侍たる者は貧しくても気位を高く、決して営利の業に手を出してはならぬ、と教えられた。だが、生活難にあえぐ下下《しもじも》にしてみれば、背に腹はかえられない。下級武士の家庭ではどこも、こっそり副業に汗を流し、生計を補った。藩庁は内職を「職芸《しょくげい》」ととなえ、届けさせて公認した。いやむしろ奨励した、といっていい。仕立て物・大工・左官・弓弦《ゆみづる》・指物《さしもの》・彫物《ほりもの》・飾り職・塗師《ぬし》・竹細工など、バラエティーに富む。元結《もとゆい》の下地のこよりは、手先の器用な女性に向く。鶏の飼育となると、主婦や子どもの出番となる。

規制緩和を語るとき、尾張藩主七代宗春《むねはる》を抜きにはできない。ときの将軍吉宗の徹底した緊縮財政の方針に対抗、華美奔放な政策を次次に強行した。芝居小屋を建て、遊女町を設け、祭礼を盛大に挙行。巷《ちまた》には自由の空気がみなぎり、暗黒の海に光る、経済特区の夢の島の観を呈した。

芸は身をたすく

名古屋での、ものづくりのフロントランナー津田家の歴代当主は、存分に腕をみがき、多数の技術者を養成した。知的好奇心を刺激されたいくたりかは、歯車をデザインした斬新精緻な刀の鐔《つば》をつくり、世評を高めた。歯車のメカニズムを、からくり人形の装置にも応用し、人びとを魅了した。

明治になると、街角には変革の嵐が吹きすさぶ。津田の仕事は瀬戸の窯業等と同じく、手厚い藩の保護が打ち切られた。しかし、民営化の重圧にたえる彼は、彫金を職芸とした士族力をバックに、ついにボンボン時計の国産化に成功する。それがさらに軍需品の生産へと発展するのは、日露戦争開戦以後のことである。

維新の激流は、武士の身辺にも、大きな変動をもたらさずにはおかなかった。終身雇用を約束されていたのに、突如リストラされたようなものである。その多くは生活の方途が定まらず、没落の悲運に泣いた。ところが、である。尾張藩下層士族の一団は、旧藩時代のセカンドビジネスを本業に転換し、表情もあかるい。海部《かいふ》正秀《まさひで》は養鶏の企業化をもくろみ、品種の改良につとめ、卵肉兼用の名古屋コーチン種をうみ出す。家業たる三味線についてのノウハウを、鈴木政吉《まさきち》はバイオリンの製作にいかし、ついにドイツ楽壇を驚嘆させた、希代の名器をつくり出した。高級の「名古屋仏壇」を流通に乗せたのは、武士上がりの指物師、塗師たちである。

夢を未来へ

「類は友を呼ぶ」という。明治も中期を過ぎると、生産技術のメッカ愛知を目指し、他国出身の有望有能な新人が登場。静岡県出身、自動織機の発明を志す豊田佐吉《とよださきち》、製麺機製造のエンジニア、佐賀の大隈栄一《おおくまえいいち》、自転車の奈良県人岡本松造《おかもとまつぞう》等である。

叡智の宴《うたげ》、愛・地球博は果て、濃尾参の丘陵に静寂が戻った。しかし、このイベントはものづくりの思想、商品経済の活力に、強烈な刺激をあたえずにはおかなかった。いま、この地の未来に期待される、壮大なドラマの展開に、日本の、そして世界の目は一段と熱を呼びつつ引きつけている。

（週刊『司馬遼太郎街道をゆく』五〇号、二〇〇六年一月、朝日新聞社）

会議所会報と上遠野富之助

『月報』から『会報』へ

名古屋商工会議所設立一三〇周年を明年に控えた、平成二二年（二〇一〇）三月発行、会報『那古野《なごや》』三・四月号の副題に小さな、しかし、それなりに重い変更が加えられた。『名古屋商工会議所月報』から、『名古屋商工会議所会報』へ、である。

「月」と「会」。たった一文字に過ぎないが、一世紀をゆうに超える機関誌の歴史に、画期をもたらすもの。明治二六年（一八九三）一〇月の創刊当初から、本題は『月報』。昭和六一年（一九八六）一月、『那古野』と改題されるも、副題の形で残された。ところが、前記の時点で、サブタイトルも『会報』に。『月報』の誌名はもう消えて、ない。

記念すべき『月報』第一号が、会議所会員のもとに届けられたのは、濃尾地震の衝撃からようやく立ち直り、災害復旧のための諸工事を契機に、景気が急速に回復しつつあったあとの時期。「実業家の紳士たちにとって、連携と協調の場」も、商法会議所、商工会議所、商業会議所と、「創業時代」を脱し、飛躍していく。

創刊号開巻劈頭《かいかんへきとう》の「発刊の趣旨」は、胸を張って謳う。つとめて原文にしたがうと、「月報には、当会議所の諸報告を掲げると同時に、商業家の参考となるべき内外の要報を集め、遺漏なきはもっぱら期するところ」。そして、筆も伸びやかに、「もし読者その辺に注意して、すこしく得るところありといわば、月報発刊の趣旨は満足すべし」と結ぶ。格調高い文章の執筆は、発行兼編集者の会議所書記長、現在の専務理事にあたる上遠野富之助《かどのとみのすけ》、その人であった。

彼は後年、公刊にいたる経緯を回顧して、興味深く洩らす。「各商工会議所が相談して、月報をつくり始めた。なにもかも書くことにした。小さいが、やや体裁の整った創刊号を出した。毎号、自分が論説を書き、物価の調べだとか、金融の状況、商品集散、鉄道貨物の出入りだとか、色々の表を出した」。ここで眉を寄せ、口調を落とす。「原稿は会議所の看板がかかっていた、桑名町（現・中区丸の内、錦）のみそ屋、加藤庄兵衛宅の暗い座敷で書いた。十分な働きができずこまった」。

赤だし、みそ煮込み、みそカツ、みそおでん。おなじみの「名古屋めし」同様、揺籃期の『月報』は、「御当地」みそ屋仕立て。さて、上遠野とは一体、いかなる人物だろうか。

運命の出会い

彼は東北の出身。名古屋とは縁もゆかりもなかった。遠く藤原氏に源を発する名門の末裔。近世、出羽《でわ》秋田藩二〇万石の藩士の家に、呱々《ここ》の声をあげた。幼少より秀才の誉れ高く、一七歳で小学校校長。だが、青雲の志をおさえきれず、夢と希望を抱いて上京。早稲田大学の前身、東京専門学校が開校されると、同校で学ぶ。卒業後は『報知新聞』の記者となる。

やがて、運命の明治二六年の某月某日が。彼は素朴で恰幅《かっぷく》のよい、漢学の先生をおもわせるような風采《ふうさい》の男と対面。奥田正香《おくだまさか》と名乗り、近近、名古屋商業会議所の会頭に就任するとか。「名古屋といってつまらぬ所だが、一、二年遊びにきてみよう、との考えがあれば、きたまえ」。人と人との出会いの不思議さ。相手の率直な切り出しと重みに、青年の胸に火花が散った。真《しん》紅《く》の炎が燃え上がった。提案のポストは書記長であった。

彼は意気軒昂《いきけんこう》、未知の地に永住し、全力を尽くそう、と誓う。すぐ本籍を移して、名実ともに名古屋人に。上遠野の書記長就職は明治二六年七月。とすれば、『月報』の諸業務は書記長としての初仕事ではないか。しかも、前歴が前歴だけに、水をえた魚のような精励ぶりが、目に浮かぶ。

彼は明治三〇年（一八九七）三月、書記長を辞するが、明治三二年（一八九九）四月、株式取引所を代表して、会議所議員となり復帰。のち渡米実業団に参加した副会頭時代を経て、大正一〇年一月から昭和二年一一月まで、八代会頭の重責を担う。所屋の新築、関東大震災にともなう救援、商品見本市の開催、名古屋駅改築をはじめ、多くの重要案件を手がけた。昭和三年（一九二八）五月、重篤の病床で、多くの蔵書を会議所に寄贈するよう遺言。生涯を通じて活動の舞台となった、会議所との強固な絆に深謝する、奥ゆかしいエピソードには感動を覚える。

遺香、馥郁たり

創刊後、幾星霜を経た今日。『月報』のタイトルは消えて、もうない。隔月刊の刊行形式がとられる限り、本題はもちろん、副題としても復活の機会は、まったくない。だがしかし、である。会報『那古野』の表紙と裏表紙に小さくプリントされた、通巻のナンバー、例えば二〇一一年、すなわち平成二三年一一・一二月号の七二七。紛れもなく、上遠野が手塩にかけた、『月報』第一号を原点とする、それではないか。『月報』はささやかな数字に姿を残し、地下の清冽《せいれつ》な水脈を目立つことなく、涸れることなく、滔滔《とうとう》と流れゆく。

私は、会議所内議員クラブ室の壁面を飾る、名古屋人上遠野、会頭富之助の肖像画をあおぐとき、馥郁《ふくいく》たる遺香《いこう》が、身辺をつつむ思いをおさえることができない。

（名古屋商工会議所会報『那古野』七二七号、二〇一一年一一月）

名古屋港に水族館、今も昔も

―名古屋商人山田才吉にみる人寄せの経営哲学

二〇一二年は名古屋港にとって、記念のとし。名古屋港利用促進協議会設立三〇周年。名古屋港水族館開館二〇周年に、飼育中の白イルカ、ベルーガの「グレイ」が雄の赤ちゃん、シャチの「ステラ」が雌の赤ちゃんを出産と、おまけまでつく。ところで、名古屋港の水族館は、なにも今だけの話題では、ない。昔にも同種施設があった。名古屋教育水族館である。その歴史を紡ぐと。

仕事人間、ここにあり

水族館を建設し、これが経営に心血を注いだのは、名古屋の一商人山才こと、山田才吉。一八五二年（嘉永五）八月、岐阜県にて出生。若いころ、名古屋に出て、熱田の神戸《ごうど》（現・熱田区）で、つけ物屋を創業。のち、都心の末広《すえひろ》町（現・中区）に移る。屋号を「きた福」と称する。濃尾平野は野菜の産地でありながら、良質のつけ物が、ない。彼はこれが改良への志と情熱を注ぎ、守口大根、青瓜等のみりん粕づけを工夫。やがて、牛肉や福神づけの缶詰の製造にも乗り出す。日露戦争のときには、大量の軍用缶詰の調達を引き受け、大きな利益を手中にした。

一八九四年（明治二七）、織物、陶磁器、銅、漆器、製紙の五種の産業と、敷物と雑貨の二品を扱う業者が、勧業団体愛知県五二会を結成した折、主要メンバーに。新聞『真金城』、のちの『中京新報』を創刊、名古屋瓦斯（現・東邦ガス）や熱田電気軌道の設立にも、一肌ぬぐ。名古屋商業会議所（現・名古屋商工会議所）議員等も務む。

楼閣賛歌

才吉は類いまれなアイデアマンで、「人寄せの達人」との世評も高い。五二会の陳列所として借りた、門前町（現・中区）の博物館。連日閑散、閑古鳥の鳴く有様。彼は日曜ごとに抽選会を開催、しかも空くじなし、と宣伝。会場はたちまち衆人の注目を集め、黒山の人また人で埋まった。

才吉は並はずれた建築マニア。「トントン」と、大工の槌音を聞かないと飯がまずい、とこぼす程。あかるい社交家の性格と相まって、世間が驚嘆するような楼閣の築造を手がけた。はじめは一八九七年（明治三〇）、東陽町（現・中区）に偉容をみせた、集客サロン東陽館。間口一九〇メートル、奥行一三〇メートル、階上の大広間は三九六畳敷き、階下は二〇室。庭園には小室が点在し、池ではボート遊びも。不幸にも、一九〇五年（明治三八）の夏、紅蓮《ぐれん》の炎に消失した。

こえて一九一〇年（明治四三）、東築地（現・港区）の熱田海水浴場に接して、木造五階建て高楼の、料亭と海水浴旅館を兼ねた南陽館を建てた。皮肉にも、開業目前の一九一二年（大正元）九月に襲来した、台風と高潮に倒壊流失してしまう。さらに一九二四年（大正一三）には、岐阜県可児郡土田《どた》（現・可児市）の景勝木曽川畔に、料理旅館北陽館を完工。地元と連携して、「ライン下り」を企画化。同館と乗船場との道路ぞいに、食堂、売店、遊技場も店開きした。

たび重なる火難、水難にこりた才吉は、水火にもびくともしない、大建造物の構築を思い立つ。知多郡聚楽園（現・東海市）の緑濃き丘の上に大仏を、と。鉄骨鉄筋コンクリートで、高さは一八・八メートル。一九二七年（昭和二）五月、開眼供養を挙行。眉間の光明に代えて、大電灯を取りつけ、名古屋港に出入りする船舶の灯台の役目をはたさせた、との巷の声も耳にする。

名古屋商人きっての集客の名人、わが道を歩む異色の経営者。一九三七年（昭和一二）一月、静かに仕事人生の幕を閉じた。

イルカ、脱走す

名古屋教育水族館は南陽館と、同じ敷地に建つ。一九一一年の「名古屋市役所庶務課稟議綴抄録」所載の、山田才吉経歴書は、建設の経緯を語って詳しい。ここは一九一〇年開幕の、第一〇回関西府県連合共進会の関連施設として計画。四面環海のわが国で、欧米と肩を並べる水族館のないのは、残念至極と、新事業に積極果敢に立ち向かった。独力で資本八万円を投じて、一九〇九年起工、翌年四月オープン。飼育する魚鳥類は約一二〇〇種。入場料は大人一〇銭、子ども五銭。一九〇七年の東京上野動物園の入場料が大人五銭、子ども三銭だから、やや高い気がしないでもない。開館時間は午前八時から午後五時まで。来館者の足として、電車も開通した。

これは、一九一〇年五月一日の新聞記事。館内の呼び物となるべきイルカを、北海道から取り寄せた。ところが、一昨日夜一〇時ごろ、すべてが水槽から抜け出し、垣根をこわして隣の缶詰会社の養魚池に侵入、養魚池から縄門をぬけ、大海へ、と脱走してしまった。

一九一二年の台風と高潮に、南陽館同様被災。その後、規模を縮小したうえ、再開までこぎつけたものの、長く続くことはなかった。

みなとともに

才吉が常日頃口にした言葉に、「右の手には望遠鏡、左の手には近眼鏡」。誤解を恐れず推量すると、一方では時流を先読みして、夢多き斬新な発想を、他方では現実を深読みして、目配りのきいた緻密な対応を、といったところか。彼一流の集客の流儀、人集めの経営哲学の核心を垣間みるおもいがしてならない。

いまや名古屋を代表する観光スポット、博物館として市民に愛される海の殿堂、「名古屋港水族館」。ことしの夏休みには約五〇万人が訪れたという。きょうも客足が途切れることなく、館内ではお年寄り同士の会話がはずみ、子どもたちの笑顔がはじける。後身の活気にみちた見事な健闘ぶりに、天国で見守る個性派の先輩は満足そうに目を細め、応援のエールを精一杯送っているに違いない。

みなとともに、正確に年輪を刻み続ける利用促進協議会、そして水族館。一層の御発展をお祈りしたい。

（『名古屋港』名古屋港利用促進協議会設立三〇周年記念　二〇一二年一二月）

II　富裕への良薬

一

「福を招き、金持ちになるための良薬、御存じですか」。とんでもない、そんな薬があったら、苦労しない。日夜、業績の向上に努力を重ねておられる経営者の方がたから、頭にガツンと一発加えられるに違いない。当然であろう。

江戸時代、名古屋城下玉屋町《たまや》（現・中区錦三丁目）の薬舗小宮山宗法《こみやまそうほう》方をはじめ、薬の街京町（現・中区丸の内三丁目）のどの薬店でたずねても、首をかしげられるであろう。毎年六月一〇日に開催され客足を呼ぶ、蒲焼町《かばやき》（現・中区錦三丁目）の医学館の薬品会でも、陳列された形跡は絶対、ない。こう語ると、高貴の入手困難な代物のように受け取られそう。だが、である。どうして、どうして。それはどこの家にもみられる、ごくふつうの品なのである。

種明かしのために、江戸時代後期の高名の経世思想家海保青陵《かいほせいりょう》先生に御登場願おう。同氏は通称儀平と称し、丹後宮津《たんごみやづ》（現・京都府宮津市）藩家老角田市左衛門の男として、出生。宮津藩の儒者となったが、壮年期の大半を諸国巡歴についやし、地理、産業、民俗等の知恵を身につけた。一時、尾張藩にも仕えたらしいので、名古屋とはまんざら縁のないことはない。青陵氏は著書『稽古談《けいこだん》』で、大坂人を話題にして、「貧を憎み、富を好むのは、天性」といい切る。そして、自著『諭民談《ゆみんだん》』を借りて、より詳しく説く。大坂の富家の間では、「送窮《そうきゅう》の式」と名づける儀式がおこなわれた。毎月の最終日、つまりつごもりに、貧乏神を追い出すのを忘れない。貧乏神を極度に嫌う習俗による。大坂独特で、京都にも、江戸にもこうした儀式は耳にしない。

一体、送窮の式とはどんなものか。具体的に解説しよう。昔、昔である。風邪の予防のため、風の神を追い払う風習は、全国各地で盛行された。けれども、風の神より一段と質《たち》の悪い貧乏神を放逐することは、貧を極端に嫌悪する大坂の土地柄の発想。毎月の晦日に、富商の番頭が台所に入り、味噌を大きく握って、二個作る。そして、焼く。焼き味噌は貧乏神の大好物。大坂では晦日に限って、これをつくり、においを家中に充満させる。魔神は臭気に誘われ、台所に寄ってくる。そこを狙って、焼き味噌一個を割って、口を大きく開け、神神を呼び込んだうえ、割り口をかたく閉じる。もう一個は主人の居間、売り場、男部屋から女部屋へと次次に巡回し、あたりの貧乏神を一網打尽、ことごとく焼き味噌に誘惑し、頃合いを見計らって、強く口をしめる。

二個の焼き味噌は、川へ流す。あと、番頭は衣服をよくはたいて臭気を取り、家に入る。

貧乏の疫病神を家内から徹底的に放逐した商家は、商売繁盛、千客万来、福の神がおもう存分活躍できる、独壇場と化す。富裕になれること疑いなく、めでたし、めでたし、である。

そう、そのとおり。私が推奨する招福の良薬とは、外でもない、味噌。薬よりは、食品かもしれない。

（『ＮＡＫＡ』一三五号、二〇〇七年九月、名古屋中法人会）

二

貧乏の厄神を追い払い、福の神に十分に働いてもらう良薬とは、味噌。当地ならば、それは赤い豆味噌、「名古屋味噌」となろうか。

岡崎の「八丁味噌」同様、大豆と塩、水だけでつくられる味噌、そして溜《たまり》。古く慶長年間（一五九六〜一六一五）、名古屋築城に動員された人夫たちに、食料として供されたのが起源らしいが、最近は異説も。短期間に多数の人員を投入動員する大工事に、「医者と味噌は古い方がよい」と俗諺《ぞくげん》にあるように、熟成に年余を要する味噌、溜の製造などとても無理だ、と。

さて、である。味噌が分限者《ぶげんしゃ》を生むもと、といっても、信用していただけないのは、百も承知。大坂のように、商舗が味噌を使って、送窮の式をおこなった形跡のない、名古屋。だがしかし、一方ではここの金持ちに、ふしぎと味噌、溜関係の業者が多い事実がある。

幕末、尾張藩政府は深刻な財政難を打開するため、富家を御用達商人に任命し、御用金を上納させることがあった。商家は調達額の多少によって、九ランクに分けられた。三家衆《さんけしゅう》を最高とし、除地衆《じょちしゅう》四家、御勝手御用達《おかってごようたし》、一名十人衆《じゅうにんしゅう》、御勝手御用達次座、御勝手御用達格、御勝手御用達格次座、町奉行所御用達、町奉行所御用達格、町奉行所御用達格次座と続く。慶応四年（一八六八）現在、その数三五三名。

筆頭の三家衆の一員、蛯屋《えびや》町（現・西区城西）の関戸《せきど》家。正保元年（一六四四）に、同家の五兵衛は尾張小木《こき》村（現・小牧市）から名古屋に移り、質屋を開業、別に信濃国（現・長野県）と薬種の取引も。屋号の信濃屋は、これにちなむ。時代が移るにつれ、米穀と味噌に業種をかえつつ、家運は隆盛の一途を辿った。

裏手に土蔵が建ち並ぶ、五条橋近くの堀川端、大船町《おおふな》（現・西区那古野）に、除地衆の一、「川伊藤《かわいとう》」こと、伊藤屋、伊藤忠左衛門は店をかまえた。慶長一九年（一六一四）、初世喜左衛門のとき、尾張国都清須（現・清須市）を去って、来名した、いわゆる「清須越《きよすごし》」。三代目喜左衛門の代に、従前の薪炭に加えて、味噌業に手を染めた。次いで、四代目喜左衛門は薪炭をやめて、味噌と穀物を併営し、蓄財した。

関戸、伊藤両家が藩政後期、業務の重点を米穀においたのにたいし、十人衆の萱屋《かや》町（現・東区相生町）、佐野屋、中村与右衛門家、同じく伊倉町《いくら》（現・中区錦）、多立屋、牧野作兵衛家は一貫して味噌商に従事、成功をおさめた。城下の味噌の大店《おおだな》は、これにとどまらない。御勝手御用達次座の橘《たちばな》屋、早川四郎兵衛、御勝手御用達格の永楽《えいらく》屋、神谷伝右衛門、麻屋、吉田禎助の諸家も富家の名に恥じない。

藩庁は御用達商人の格づけに際し、各家の財産状況を基準にした。たとえば、第五段階御勝手御用達格は、金五〇〇〇両程とか。当時の金一両は、今日の一六万円に相当するらしい。とすれば、御勝手御用達格の身代は八億円か。大福餅一個一〇〇円、うどん一杯四〇〇円、銭湯二〇〇円、木綿一反五〇〇〇円の時世。御勝手御用達格より上位の十人衆、除地衆、さらに三家衆にランクされる商家。その富豪ぶりは想像をこえる。これも味噌の効能だろうか。

（『ＮＡＫＡ』一三六号、二〇〇八年一月）

三

いささか旧聞に属するが、平成一九年一一月三〇日付、『中日新聞』夕刊、「夕歩道」での記事。「知らなかったのだが、きょうは〝みその日〟なのだそうである」と口を切る。「語呂合わせである。ただしちょっと手が込んでいて月末の〝みそか〟からきている。したがって毎月の最終日には〝みその日〟がある」。ありていにいえば、私も初耳。そこで、早速、座右の加藤迪男編『記念日・祝日の事典』（二〇〇六年、東京堂出版）を検索してみた。あった、あった。「みその日（毎月三十日）」との見出しに続き、「食生活の洋風化と外食傾向から、みその消費減少にストップをかけようと全国味噌工業連合会がみそか（三十日）にひっかけて一九八二年九月に設けた」とする。近世大坂の商家でおこなわれた、味噌を使っての送窮の式も、毎月のつごもり、つまりみそかに。両者の間に関連があるか、どうか、調べてみたい。

筆を本題に戻す。金銀を招く良薬、味噌の効果は、文明開化の波が打ちよせてもかわらなかった。これは『愛知耐久会雑誌』がのせる、明治二三年（一八九〇）の、名古屋市内「醤油製成」三〇石以上の大手生産者。藩政期の資産家佐野屋、中村与右衛門、永楽屋、神谷伝右衛門の名もみえ、健在ぶりが推測される。

一一七二石　深田源六
七三九石　森川市次
五六九石　鈴木善六
四八三石　奥田正香
四七二石　加藤庄兵衛、神谷伝右衛門
四三〇石　中村与右衛門
三七三石　蜂須賀武輔
三六五石　吹原重太郎
三一六石　種田勘七

ところで、名古屋商工会議所の前身、名古屋商業会議所。自治的な商法会議所、商工会議所を経て、明治二三年（一八九〇）法律八一号、「商業会議所条例」にもとづき、実業家の連携と協調の場として、同年一二月認可の名古屋商業会議所。その発足に、味噌溜業者のはたした役割は極めて大きい。二四年（一八九一）七月に、三五名の会員による役員選挙が実施された。結果、会頭に奥田正香、副会頭に堀部勝四郎、常議委員に鈴木摠兵衛、鈴木善六、笹田伝左衛門、蜂須賀武輔、伊藤次郎左衛門が選ばれた。だが、奥田が会頭を固辞。やむなく再選挙。堀部会頭、鈴木善六副会頭に落ちつく。もっとも、堀部も三カ月で辞任したため、鈴木善六が会頭に推された。そればかりではない。前にふれたように（Ⅰ・会議所会頭と上遠野富之助参照）、所屋も一時、桑名町の味噌屋加藤庄兵衛方に間借り。事務所と店舗の入口が一つだったため、別の口を設けたり、台所を事務室にあてたので、時計窓をあけたり。工事費に、二七円余の予算の計上を余儀なくされたという。こうして、日常の業務は、味噌の強いにおいがただようなかで始められた。

明治二九年（一八九六）、栄町（現・中区栄、錦）に、新所屋が完成。味噌の効能で、厄神を十分吸引したあとだけに、威容を誇る建物は、福の神がみちみちていたに相違あるまい。

（『NAKA』一三七号、二〇〇八年四月）

四

味噌のもつ富裕を招く効能を十分享受し、栄光の座を引き寄せた人物として、「名古屋の渋沢栄一」と令名の高い、明治名古屋財界の巨頭奥田正香を、私は忘れることができない。

正香はれっきとした尾張藩士。弘化四年（一八四七）三月、名古屋近郊鍋屋上野村（現・名古屋市千種区）、和田家で呱々の声をあげた。のち、家中の奥田主馬に養われた。幼少のころから学問を好み、奥田邸での詩文の会を通じて、著名な勤王家の丹羽賢に近づき、丹羽は丹羽で、彼の才能を愛し、期待を寄せた。

慶応年間（一八六五〜六八）、正香は丹羽の内命を受けて江戸に出て、一時期、増上寺の僧に姿をかえ、同地の情勢を探索。また、丹羽に随従して上京、国事に奔走することも。

明治元年（一八六八）、藩校明倫堂の国学助教見習を拝命、三人扶持の給与を受く。まもなく、藩命により甲信地方へ出張、旧幕府旗本領の取り締まりにあたった。旅行中、信濃の旅宿で偶然横浜の商人に会い、現地の生糸貿易の実情を聞く機会をえた。彼の胸中に、経済界への関心と憧憬が勃然と燃えあがった。

正香は明治三年（一八七〇）一一月、名古屋県大属に就任、翌年一二月、安濃津《あのつ》県（現・三重県）に転じた。しかし、官員生活は長くは続かなかった。味噌醤油醸造家に転身する。

私は彼が味噌の霊験を知悉したうえで、この業種に白羽の矢をたてた、とは到底おもわない。味噌の製造が慶長以来の長い歴史をもち、文明開化の時代を迎えても盛況を維持する、その現状に夢と希望をいだいたからに相違ない。時期的にやや難が認められるものの、明治三六年（一九〇三）の名古屋市重要工産物の生産額で、綿糸の三四九万七〇〇〇円、織物類の一五八万二〇〇〇円に次ぎ、味噌は一五五万一〇〇〇円。醤油類の二九万四〇〇〇円を合算すると、一八四万五〇〇〇円に達し、第二位にランク、まさに、地元の有望産業。正香が「士族の商法」に味噌生産を選んだのは、正解であった。

筆は横道に。世間は「士族の商法」は失敗とおもい込む。だが、しかしである。にもかかわらず、名古屋はそれが比較的成功した土地、とのうわさを耳にする。理由のひとつは、近世、尾張藩が下級藩士の家族での内職を「職芸」と呼んで、公認した事情にもとづく。大工、左官、畳職、仕立職。まだ、ある。木挽、鍛冶職、金物職、桐《とう》油合羽《ゆかっぱ》職等等。職芸で磨いた腕前が、家族の生命を救い、家庭の生活を守った。セカンドビジネスを本業に代え、家計を維持。貧困に泣く下級士族の顔は、希望に輝いた（I・技術先進の風土をさぐる参照）。

話、戻す。正香の宮町（現・名古屋市中区錦、東区東桜）の店舗は、繁盛の一途をたどった。そして、前に紹介したとおり、明治二三年には、名古屋醤油製成石数多額者で、深田源六、森川市次、鈴木善六に続き、四番目に格づけされる躍進ぶり。正香の店に充満する厄神を一挙に追い払った、味噌の薬効。それが正香の運命を大きくかえようとは、当時だれも気づかなかった。

（『NAKA』一三八号、二〇〇八年九月）

五

富裕への妙薬味噌の効能を、最大限に享受した、尾張藩さむらいあがりの奥田正香は、資産の足場がかたまると、経済界での積極果敢多彩な活動をはじめた。それは三つの方向でなされた。

第一は、経済関係の公職。たとえば名古屋米商会所（のちの名古屋米穀取引所）頭取とか、名古屋株式取引所（現・名古屋証券取引所）理事長とか。奥田は明治二四年（一八九一）四月施行、名古屋商業会議所会員の第一回選挙で、みごと当選。続く七月の第一回役員選挙の結果、会頭に推輓《すいばん》された。しかし、さきにのべたとおり（Ⅱ―三参照）、就任を固辞。やむなく再選挙、その結果、堀部勝四郎に落ち着く。とはいえ、彼の卓越した識見と手腕を、財界が見のがすはずはない。二六年（一八九三）の会員選挙でも再選をはたした正香は、同年七月の役員改選で、ふたたび会頭に推挙された。今回はそれを受諾。以来、大正二年（一九一三）一〇月に至る長期にわたり、会頭の重責をにない、業界の協調と発展に注力した。

会頭正香の事績の一つに、電話の架設がある。もともと、名古屋は自転車の発達した土地柄。用があれば、自転車を走らせる、だから、電話などいらない、との声が強い。だが、商工業が発展するにつれ、それでは用事がたせないようになる。通信機関の設備を、と会議所の役員会。努力が実を結び、明治三一年（一八九八）一〇月、電話が開通する。逓信省の技師が来名し、正式に電話設備の申し込みを受けた。ところが、希望者が押しよせ、抽選で、架設を決めるほどの盛況ぶり。皮肉にも、この事業を推進した会頭が、くじにもれた。

次は、熱田港の修築。熱田の海は浅く、施設も十分でない。そのため、港湾の改修がしばしば話題に。だがしかし、膨大な費用を要するため、いつも立ち消え。明治二二年（一八八九）、東海道線が全通し、二八年（一八九五）、関西鉄道（現・関西線）が延長されて、陸上交通の拠点名古屋が、世間の注目を集めた。同時に、海陸連絡の重要性が叫ばれ、築港熱は大いに高まった。愛知県会は二七年（一八九四）、熱田港築港調査の建議を議決。奥田も同年の会議所総会の席で、築港計画はこの地の利害に多大な影響をあたえるので、会議所としても調査を要するむね、力説した。二九年（一八九六）五月、第一期工事につき、内務大臣の施行許可を受け、こえて四〇年（一九〇七）、港の所在地が名古屋市に編入されて、名古屋港となり、開港場の指定をえた。

会頭としての奥田の業績は、これにとどまらない。東京から八王子、甲府、塩尻を経由し、名古屋へ向かう中央鉄道の敷設促進についての陳情。東京本社、大阪支社、下関、岐阜、京都に出張所が置かれた、中央銀行の日本銀行支店の名古屋誘致を要望する意見も。

携帯電話の普及に象徴されるＩＴ社会の発展、「世界に開く日本のゲートウェイ」を目指す名古屋港、東京、名古屋、大阪をごく短時間で結ぶ、リニア中央新幹線計画。天国の奥田は、そうした今の名古屋をどうながめているだろうか。

（『ＮＡＫＡ』一三九号、二〇〇九年一月）

六

奥田正香の残した第二の業績は、企業の設立と経営。近代資本主義の父渋沢栄一が関係した会社は、五百といわれるが、「名古屋の渋沢栄一」の正香も、けっして負けてはいない。「奥田の息のかからぬ会社は、この土地では成り立たない」とは、世間での取り沙汰。尾張紡績（現・東洋紡績）、名古屋倉庫（現・東陽倉庫）、明治銀行、名古屋電力（現・中部電力）、福寿生命保険（現・明治安田生命）。まだある、日本車輌製造、名古屋瓦斯（現・東邦ガス）も。明治四〇年（一九〇七）一〇月、名古屋瓦斯は広小路に、ガス灯をともした。あかりは燦然と輝き、白昼のよう。評判は波紋を描いて広がり、使用の申し込みが殺到した。当初、ガスの用途は灯用がほとんど。会社は点灯に先立つ八月に、栄町（現・名古屋市中区）にガス器具陳列所を開設し、宣伝に力を注ぐ。ガスコンロも並べたものの、客の関心はにぶい。首をかしげながら、「ガスで炊飯ができるのですか」、「ガスくさくありませんか」。社側では顧客の不安を一掃するため、広小路に夜店を出し、コンロを持ち込む。実際に御飯を炊き、ぼた餅をこしらえて、「広ブラ」の人びとに食べてもらう。「なるほど、ガスで御飯ができるのだな」、「ガスのにおいがしないのだな」。とにかく、営業開始のころは、市民のガスに対する知識が皆無に等しい。「ガスを一升わけてもらいたいが」とか、「何町の者ですが、配達してくれませんか」とか。会社では社員を動員し、ガス管を埋設した沿道の家庭を訪問させ、勧誘に乗り出す。

奥田は第三に、有能な他郷出身の新人の発掘、登用にも情熱を傾けた。前にも紹介した（I参照）秋田出身の上遠野《かどの》富之助は、そのひとり。「名古屋の恩顧を受けながらも、今日まで報恩のことをしていない」。彼は昭和三年（一九二八）七月、死の床であえぎながらもらす。そして、当時五〇万円と評判の高い南久屋町（現・名古屋市中区栄）の私邸を名古屋市に、三五〇〇冊の蔵書を名古屋商工会議所に寄贈し、地元からの恩恵にこたえた。一言さしはさむと、蔵本は名古屋商工会議所図書館に、「上遠野文庫」の名で保管されていたとか。それはさておき、富之助は新聞記者をしていた、明治二六年（一八九三）、堂堂たる体格ながら、素朴な感じのする奥田に会い、来名を勧誘された。あてがわれたのは、商業会議所書記長。人間的魅力にひかれ、彼は名古屋の土を踏む。そして、精力的に財界活動をはじめた。明治銀行、日本車輌製造、名古屋鉄道など、多くの会社の経営に参画。また、名古屋市会議長として、熱田町の編入、市章制定、区制の施行に立ち会い、商工会議所会頭にも選ばれた。

正香が手塩にかけた逸材としては、岐阜県出身で、名古屋電力や名古屋株式取引所を舞台に才腕を発揮する兼松凞《ひろし》、伊勢久居藩士の家に出生、名古屋瓦斯、東邦瓦斯の設立運営に尽力した、「ガス博士」の岡本桜も。縦横自在に活躍する新しい血液が、名古屋経済界の声価をどれほど高めたか、はかりしれない。

（『NAKA』一四〇号、二〇〇九年四月）

七

秋。まつりの秋。ことしの名古屋まつりも名古屋市、愛知県、名古屋商工会議所の協力により、一〇月の郷土英傑行列など、盛りだくさんの行事が予定されている。

県と市と会議所の息の合った協働関係は、「愛・地球博」の開催運営その他、大きなイベントごとに見事に発揮されるが、それはいまに始まったわけではない。百年以前、話は明治末年ないし大正初期にさかのぼる。

味噌を手がけて、財産家への階段を一気にかけのぼった、騎虎の勢いの商業会議所会頭の奥田正香。当時、彼の多士済済の人脈を指して、「三角同盟」、「四天王」という言葉が、巷に流れた。「三角同盟」とは奥田と深野一三愛知県知事、加藤重三郎名古屋市長との強い絆。また、「四天王」には、土着商家で材木屋鈴木摠兵衛、代議士安東敏之、上遠野富之助、兼松濈の腹心が名を連ねる。こうした有力有能な人材を配した奥田王国の基盤は盤石で、微動だにしないようにみえた。だがしかし、青天の霹《へき》霹靂《れき》のように、突如、奥田の身辺に深刻な痛手をあたえる、大事件が襲いかかる。大正二年（一九一三）の稲永《いなえ》疑獄事件である。結局は控訴審で、全員無罪の判決が出されたが、一時、周囲の数人が獄につながれる窮地に。荒荒しくきびしい現実に、飛ぶ鳥をおとすように、わが道をゆく奥田もたじろいだ。動揺した。すべての役職を辞し、経済界からの引退を決意する。武士上がりらしい、いさぎよい、さわやかな挙止《きょし》進退。葵町（現・名古屋市東区）の本宅を離れて、東郊覚王山に草庵を結び、仏門に帰依して、習い覚えた読経にあけくれた。往事、覚王山は緑濃い山林におおわれた丘陵地帯。たまに加藤や兼松らが、なつかしい顔をみせ、世間話の花を咲かせるが、それも一刻のこと。市中に足を運ぶこともほとんど、ない。大正一一年（一九二二）一月三一日、波乱万丈の人生を終えた。

「あまり人目にはつかないが、日本橋常盤橋公園をはじめ東京のどまん中に、いくつかの銅像をつくらせる人もおる世なので、銅像即えらい人という気はないが、それでも一昔前までは、銅像は社会の人物評価のひとつの目安であったといえよう」。これは渋沢栄一を題材にした、城山三郎の長編小説『雄気堂々』の冒頭をかざる一節。近代資本主義の父とあおがれ、明治から大正にかけて、五百をこえる企業の設立経営を手がけた渋沢だから、数体の銅像が建てられても、おかしくない。史伝や小説の対象となっても納得できる。一方、「名古屋の渋沢栄一」と令名が一世を風靡《ふうび》した、奥田正香。一体の銅像も、ない。また、評伝も、ない。日本経済新聞編刊『中部産業百年史』（一九七九年）の叙述によれば、かつて城山が奥田の評伝の執筆に意欲を燃やしたが、その日記の閲読がかなわず、涙をのんだという。一体の銅像も、一冊の伝記作品ももたない正香。だが、だがである。私は、研ぎすまされた緊張感、高揚した精神によって裏うちされた彼の業績と識見は、渋沢に毫もおとるものではない、とかたく信じる。

ことしも名古屋市、愛知県、名古屋商工会議所の、現代版「三角同盟」よろしく、三英傑と三姫が街をゆく。いよいよ、まつりの開幕である。

（『NAKA』一四一号、二〇〇九年一〇月）

八

蓄財を呼び込む良剤として、私はこれまで味噌の効能を、実例をあげつつ語ってきた。もちろん、名薬は味噌に尽きるものではない。薬業のメッカ大坂、文化の街京を擁する上方だけあって、江戸時代、いくつかの処方が残され、興味をひく。二、三を紹介すれば。

『好色一代男』など数数の作品で、文壇に活発な活動を展開した、井原西鶴。『日本永代蔵』のなかで、貧乏病根治の秘薬、「長者丸」の組成と分量を書き残す。「朝起き五両、家職二十両、夜詰め八両、始末十両、達者七両」とし、全部で五味五十両と教える。

「長者丸」が余程効果をあらわしたとみえ、その後、ジェネリック医薬品も開発された。心学者として名高い、ドクター脇坂義堂の創製にかかる、「身代改正後の養生補薬」もその例にもれない。

○家業出精　○知足　○倹約　○かんにん　○身養生
右五味に、いつにても正直を離さず、加えて片時も忘れす服用あらは、身も家も安全にて、子孫永永安泰なるべし

京は「そげぬき散」の本舗、久保田庄左衛門家。ここの家内繁栄の製剤は、かなり

古い。

家内繁盛の妙薬法

一、正直、篤実と合わせて百匁

一、忠孝、身を粉にして百匁

一、倹約、質素にして一斤

一、五常、仁、義、礼、智、信とよくよくえらぶ五両

一、かんにん、五両目

右の薬調合には念を入れ、毎日朝起きして、慈悲の袋に入れ、あしき友を除き、水一生を入れ、案じ用うべし、驕奢たるをよくすまし、費をはぶき用うべし、禁物は色と酒、慾、その他差合なし、これ延寿長久の良薬なり、用いてその効果を知るべし。

（『NAKA』一四二号、二〇一〇年一月）

九

川上某はじつに親切で、万事ゆきとどいた男。同人は『商人夜話草』で、子孫に向かって、良薬「富宅丸」のカルテを、軸物にしてのこした。だれでも容易に理解できるように、と。

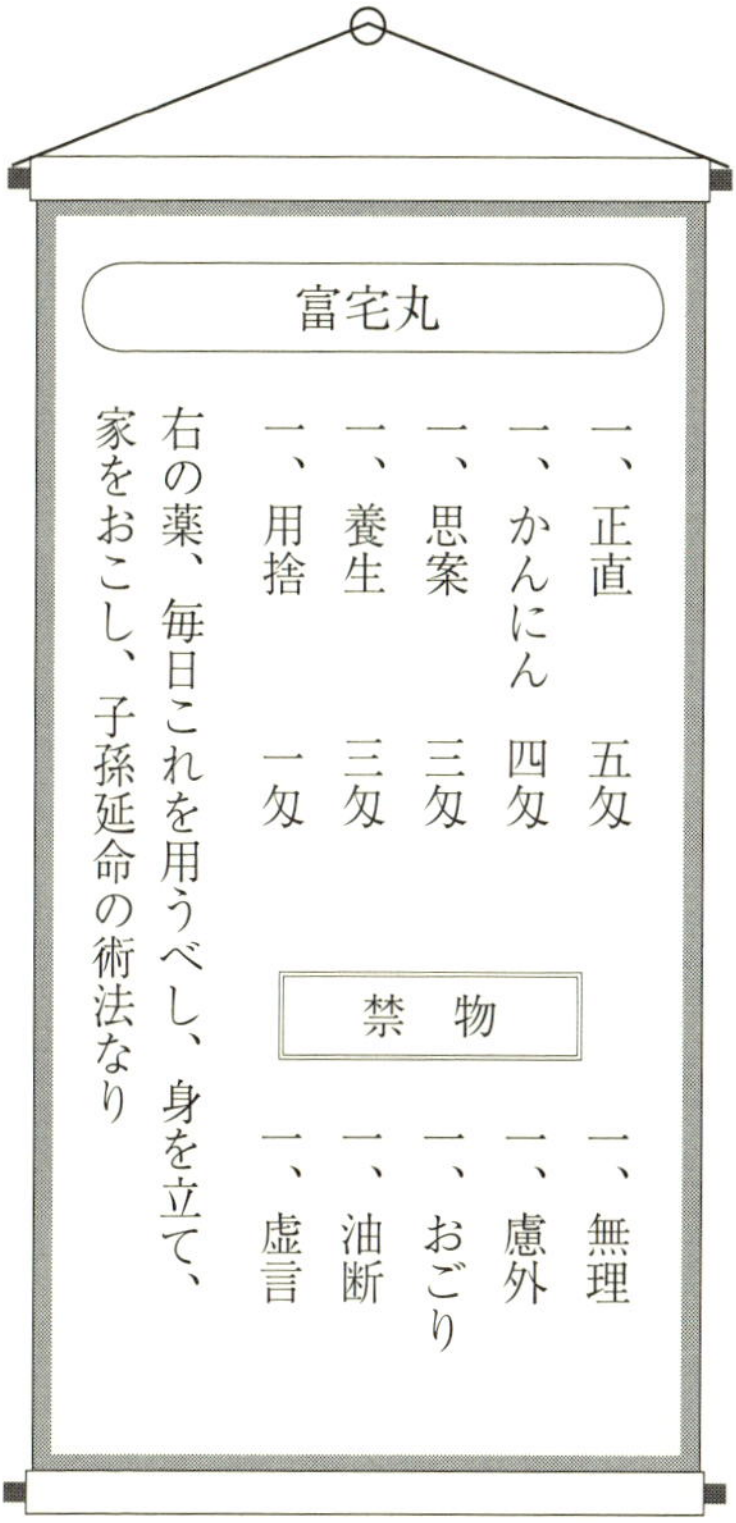
富宅丸
一、正直　五匁
一、かんにん　四匁
一、思案　三匁
一、養生　三匁
一、用捨　一匁
禁　物
一、無理
一、慮外
一、おごり
一、油断
一、虚言
右の薬、毎日これを用うべし、身を立て、家をおこし、子孫延命の術法なり

商人はだれも負けてはいけない。おのおのの家業を永続させ、資産を築くための家伝の秘薬を考究し、子孫にこっそり伝授するのである。

（『NAKA』一四五号、二〇一一年一〇月）

一〇

金持ちに導く妙薬の話、続ける。前に紹介した、井原西鶴創薬「長者丸」、川上某調合の「富宅丸」はいずれも丸薬。富者になる薬剤に、丸薬の多いのは、なぜか。残念ながら、それにふれた、親切な文献は管見の限りでは、皆無といってよい。そこで、大胆な憶測をあえて加えると。たとえば粉薬。散剤は散財に通じるので、大禁物。錠剤は剰財。資金の調達に頭をなやます経営者にとって、余分な資金などあるわけがない。それ等にたいして、丸薬の「丸」は、『広辞苑』（第六版）によれば、金銭の隠語。また、「持丸」は、「金銭を多く所有すること」、「持丸長者」は、「大金持」を意味し、縁起がいい。富裕を招く薬は、丸薬でなくてはならない。

閑話休題、大坂の薬舗で墨屋を併営する、若狭屋太郎兵衛氏。二〇歳で南久宝寺町で薬屋を開業、経営は順調、三一の歳に自分の家屋敷をもち、手代、下男をやとう身分に。製墨業にも進出する。太郎兵衛旦那はさすが薬剤にくわしい。「定」と題する掟書は、文字どおり金持ちへの処方箋といってよい。もっともカルテの冒頭に記載された、「朝起き五両、家職二十両、夜詰め八両、始末十両、達者七両」は、西鶴先生の「長者丸」と寸分の違いもないのだから、おどろく。当世なら、やれ製法の盗用だ、企業秘密の侵害だ、と裁判沙汰になりもしよう。だが、そこは万事おうような江戸時代の話題。この間の実情をふくめた、あれこれにつき、若狭屋店を訪問し、主人に面会して、架空インタビューを試みた。

「えっ、うちの製薬が『長者丸』と、まったく同じ配合ではないか、とおっしゃるんで」。顔を赤らめ、頭をかきかき、「そう、弁解の余地はありません。そのままなんで。はい。長者丸はいい。よくきく先発薬としては申し分ない」。お宅だけではありませんね。「ええ、類似品がいくらでも」。若狭屋さんのは、貧乏になる原因、つまり使用上の注意がずい分こまかく、書きこまれている。あれ、御自身で考案されたものですか。待ってました、とばかり胸をそらし、「そう、苦心しましたよ。披露してもらえないかって。ようございますとも」。掟書をみながら、熱っぽく、「服薬の際、絶対避けねばならぬのは」と、口を切る。「美食、淫乱、絹物のふだん着、妻の乗り物、娘に琴寄せ、かるた、男子のおはやし、まり、揚弓、香の会、連俳」。なんですか、それ。「連歌と俳諧ですな」。座敷の普請、茶の湯数寄、花見舟遊び、日中の入浴、ばくち、町人馬。町人の身分で、外出に馬を用いることらしい。居合いに兵法、保証の印判、新旧訴訟、金山採掘の仲間入り、食酒、ばくち、たばこ好き、あてのない京登りも忘れてならない禁忌。まだ、ある。勧進相撲の銀元、奉加帳調製の世話、役者の熱烈なファン。それに家業以外の小細工、物参詣、後生心、諸事のあっせん等。

早起きして、商売に精出し、夜なべを怠らず、節倹につとめ、健康にすごす一方、酒を慎み、ギャンブルを遠ざけ、レジャーもやめ、粗食で辛抱すれば、金はたまり、家は栄える。

(『NAKA』一四六号、二〇一一年四月)

二

秋の季節にふさわしい季語として、「薬掘《くすりほ》る」がある。『歳時記』によれば、薬用の根茎を掘りあげるのは、秋のなかば、まだ草木の枯れてしまわないうちのこと、と。関連して「千振引《せんぶりひ》く」も。千振はセンブリ、リンドウ科の二年草、薬用植物。開花期の全草を引いて乾燥させる。千回振り出しても、つまり煎じても、まだ苦味が残るところから、千振との名がうまれたという。生薬名の「当薬《とうやく》」も、「当《まさ》に薬」の意味で、まさしく薬草の代表といってよい。粉末にしたり、煎剤にしたりして、消化不良、胃痛などの漢方健胃剤として、効能を発揮する。

千振のような苦薬で頭に浮かぶのは、前に紹介した、「身代改正後の養生補薬」の創薬者、脇坂義堂先生の「カネモウカル」薬のたとえ話。

某地に、「カネモウカル」薬を調合し、拡販をはかる店があった。隣家には、「カネナクナル」薬の製造販売元が営業するので、ことはややこしい。「カネモウカル」薬は、継続的服用によって、金持ちになれること請けあい、との熱っぽい宣伝に、客が押しかけ、「門前市をなす」大盛況、と速断される読者も多いのでは。ところが、ところが、である。現実にはまったく正反対。「門前雀羅《じゃくら》を張る」程閑散とし、愛用者は数えるくらい。薬舗は衰微していく。「カネナクナル」のほうは、服用すれば、たちまた貧困におちいり、路頭に迷うこと疑いなし、の毒薬。だれもが顔をそむけて遠ざけるはずだが、意外や意外、日を追って繁盛し、顧客は増加の一途をたどる。それはなぜか。「カネモウカル」薬のほうは、倹約、かんにん、家業出精、正直、知足、実義、以上の六味を主剤となし、柔和、謙遜、気量、発明の四味に、慈悲の一片を加え、薬を煮出すにあたり、人のひとたる道を順守、よくのみこんで腹中におさめる。千振のように、長く口中に残る苦さに、民衆は「良薬口に苦し」がわかっていても、敬遠しがちになるのも無理はない。

一方、「カネナクナル」のほう。美食、色欲、遊芸、遊所、おごり、名聞、がまん、諸勝負、諸相場、殺生好き、けんか、口論、不忠不孝、家内不和合、諫言ぎらい、気まま勝手、不実情、けち、無慈悲、よこしま、不敬、残虐、へつらい、虚言の二四品を酒にひたしておき、「本性がない」を一片そえ、無分別、不養生、短気、いってつ、惰弱、不算用の六味を加味したうえ、朝寝と家業不精を一杯にして煮沸する。薬物を指でなめると、すこぶる口あたりがよい。気分爽快《そうかい》、浮世を忘れて、身体が楽に感じられる。だから、自身だけでなく、他人にもすすめ、常用者をふやす結果に。千客万来、「カネモウカル」店の衰退を横目に繁盛。だがしかし、毒素がしだいに体に充満し、大病におちいってしまう。「カネナクナル」どころか、生命さえあやうい。

長者丸や富宅丸など、千振と同様口には苦いが、やがて金持ちになれる良薬が、名古屋で販売されたとの情報は、まったく、なし。しかし、明治の名古屋商人のなかに、秘薬のユーザーはいる。いくたりかは、確実にいるのである。

（『NAKA』一四七号、二〇一一年一〇月）

一二

金持ちになる妙薬の製剤は、これまでみてきたとおり、京、大坂の上方に限られるような印象をもつ。だがしかし、創薬されたかどうかは別にして、近世近代の名古屋商人で、この種の薬を服用し、卓効に浴した人びとを、私は知っている。いくたりかを紹介しよう。

西鶴ドクター苦心の「長者丸」。その処方の一〇パーセントを占める、「始末」。文字どおり始めと終わりで、つじつまの合うこと。京都久保田家伝来、「家内安全の妙薬法」にふくまれる成分、「倹約、質素」と同義に解される。始末といえば、明治大正の名古屋経済界で、縦横に活躍した、八世鈴木摠兵衛、初名、日比野茂三郎が頭に浮かぶ。鈴木家は初代摠兵衛が元禄一三年（一七〇〇）、尾張国知多郡寺本（現・知多市）から、名古屋城下元材木町（現・中区丸の内）に移り、材木屋を開業。材木屋摠兵衛、材摠と称した。同家は文化年間（一八〇四～一八一八）、東本願寺名古屋別院本堂創建工事にかかわる、用材の調達を一手に引き受け、産を築いた。七世才造代にいたり、紀州の浜中、阿波の「ての字」と並ぶ、日本三大材木屋の一員に数えられる程成長。そして、幕末、尾張藩御用達商人中、関戸、伊藤次郎左衛門、内田家の「三家衆」、熊谷、岡谷、小出、伊藤忠左衛門の四家の「除地衆」に次ぐ、第三位の御勝手御用達、一名、「十人衆」に名をつらねることとなった。もっとも、藩政府より課せられる調達金の重圧、商業の不振、才造の豪奢な暮らし等がわざわいし、台所は窮迫していた。こうした鈴木家の危急を救うべく、日比野家から鈴木家に養子として迎えられ、明治八年（一八七五）に、八代主人の座についた摠兵衛。森林や木材に関する知識を身につけようと、信州木曽谷（現・長野県木曽郡）の踏査をおもい立つが、かんじんの資金がない。苦境にあえぐところ、幸運にも、呉服太物の富商、伊藤次郎左衛門家の一四世主人祐昌の厚意により、三〇〇〇円もの大金を借用することができた。

話はいささか横道に。伊藤祐昌、彼もまた藩債の賦課調達、整理に塗炭の苦しみをなめたひとり。御用達商人の筆頭の富豪にもかかわらず、日常の生活は倹素そのものといってよい。家庭では座ぶとんを遠ざけた。「座は本来板敷きのはず。畳を敷くから、座敷なのだ。町人の身分として、座敷にすわるのでさえ、分にすぎる」。衣服はかならず木綿。外套やえり巻きはしたことがない。平素の外出はたいてい徒歩。暑中、日蔭は他人にゆずる。

筆を戻す。揔兵衛は伊藤家からの恩借により、やがて家業を見事再興し、財界活動に進出するが、伊藤家から受けた恩情を生涯を通じて、けっして忘れることはなかった。会合の席で、たまたま祐昌の姿をみかけると、かならず上席に迎えた。また、毎年の元旦、彼は熱田神宮へ初詣でに訪れたが、その帰途、当時茶屋町（現・中区丸の内）にあった、伊藤家の住居に立ちより、鄭重に年賀をのべるのを例とした（Ⅳ参照）。律儀な名古屋商人の一面をつたえる、心あたたまるエピソードではあるまいか。

（『ＮＡＫＡ』一四八号、二〇一二年一月）

一三

名古屋商人の名家、材木屋、八世鈴木摠兵衛は、幕末維新時に傾いた家業を、明治初年に挽回、財政的基盤がかたまるにつれ、財界政界活動に乗り出した。まず、多くの会社の設立と経営。愛知木材、愛知時計（現・愛知時計電機）、名古屋倉庫（現・東陽倉庫）、日本車輌製造、明治銀行、名古屋瓦斯（現・東邦ガス）等。また、名古屋商業会議所（現・名古屋商工会議所）会頭、名古屋株式取引所（現・名古屋証券取引所）理事長、愛知県会議員、名古屋市会議員、衆議院議員、貴族院議員と、幅広く公職につく。だがしかし、こうしたはなやかな活躍の舞台からは想像もつかない程、日常生活は極めて簡素であった。

一本のタオルは一年間使う。着物のえりには小切れをはさみ、いたむのを防ぐ。手紙を書けば、相手からの便箋の裏面や余白を使用。封筒も用ずみのものを裏返したり、上に紙をはったりして、再度の用にそなえる。株式取引所では、毎月の給料を袋に入れて渡すことに。彼はなかの現金を取り出し、袋はまた来月に使ってほしい、と頼むのが常であった。

駅弁はおかずに嫌いなものが入っていたら、折り箱と一緒に捨ててしまう、なんともったいないこと、と顔をしかめる。いつも出入りのすし屋にすしを注文。折り詰めが届けられると、数をたしかめたのち受け取り、竹の皮につつみなおして持っていく。竹の皮は再利用する。

彼は用務のため頻繁に上京した。そのときの定宿は、築地の有明館《ゆうめいかん》。玄関脇の小さくうす暗い一室に落ちつく。和服にはかま、そして靴、という格好で帝国議会、官庁や取り引き先へ。有明館には、名古屋の客が多い。同郷人から果物の差し入れがあったとき、彼は翌日、もらった数だけ返す、律儀さも持ちあわせた。

某月某日、築地の料亭で、財界人の宴会が開かれた。酒にあまり強くない、揔兵衛。まもなくグッスリ眠りこむ。あとは仲間たちで、おかみに手渡す祝儀の相談。金額の点で、なかなか折り合いがつかない。「二〇円ではどうか」、「もう少しはずんで、三〇円にしては」。とうとう五〇円の威勢よい声も。その瞬間だった。熟睡しているはずの彼がとびおき、「一〇円、一〇円」と叫んだのは。一座が仰天したのは想像にかたくない。「武士はくつわの音で目をさますが、揔兵衛は金勘定で目をさます」と、ひとしきり人びとの口の端に。

しかし、である。だからといって、彼を質素一方の節約家とばかりみてはいけない。真に必要な場合には、惜しみなく出捐《しゅつえん》。明治三九年（一九〇六）、布池《ぬのいけ》（現・東区代官町）の曹洞宗護国院を再興し、高祖道元禅師の泰安殿（現・永平寺名古屋別院）を建設、との計画を耳にすると、資金数十万の調達と運用に尽力した。また、大正七年（一九一八）、株式取引所の長期市場新築の際には、その用材について良質の品をえらび、他日にそなえた。

名古屋財界の先達、鈴木摠兵衛。彼はまちがいなく、富裕への良薬が処方する「始末」、「倹約」の薬効を十分享受した、人物ではあるまいか。大正一四年（一九二五）、逝く。

（『NAKA』一四九号、二〇一二年四月）

一四

「長者丸」や「カネモウカル」薬、「富宅丸」の成分「家職」、「家業出精」、あるいは「思案」の卓効をフルにいかした商人も多い。富田重助重政もそのひとり。

重助は幼名小吉。尾張海西郡江西《えにし》村（現・愛西市）の富農神野《かみの》金平の長子として、天保八年（一八三七）に出生。嘉永四年（一八五一）、名古屋中須賀町（現・中区栄）の紅葉屋、富田家に養子。紅葉屋は調髪に使う煉油や紅、白粉を商う店舗であったが、養父の死去を機に富田家を相続、やがて舶来品、洋物商に転じた。彼は実父金平、番頭浅野甚七の協力をえて、横浜におもむき、輸入商からラシャを大量に買いつけ、快速船で名古屋へ急送。品物はかついで運ぶのがふつうの時代、人びとは重助の大胆な商法に驚嘆した。ラシャの外、石油や時計なども仕入れた。これ等を店内で仕分けたのち、市内はもちろん、遠く伊勢や北陸にも配送。店員たちは客の応接に忙しく、仕事を続けながら、握り飯を食べる有様だったとか。

紅葉屋の繁盛ぶりに憤激した、尊王攘夷派の尾張藩士の一団。彼等の眼には、紅葉屋が日本の金を持ち出しては外国の品を買い、巨利を蓄積する不届きの張本人としか映らなかった。店先に押しかけ、洋物商売の廃業を迫った。強談判に重助等は閉店を承諾し、ただし在庫品を完売するまで、しばらくの猶予を乞い、金五〇〇両の大金を手渡す。そして、重助は一計を案じた。紅葉屋の洋物商いが差しとめられる、買うなら今のうち、と閉店セールを派手に宣伝してまわった。多数の来客で店内はごった返し、手持ち品はたちまち売り切ってしまった。しかし、店は閉じなかった。重助等はこっそり横浜、江戸からの洋物の仕入れを続けていたからである。

慶応二年（一八六六）二月八日の夜、大番組倉林春太郎等七人の武士は店内に乱入、商品を投げ出す乱行ぶり。凶行の本人はもとより、紅葉屋も、「近隣をさわがしたかどで、謹慎」の処罰を受く。この一件は結局、紅葉屋の名声をより高めるのに役立った。たんに名古屋にとどまらず、尾張一宮（現・一宮市）や美濃笠松（現・岐阜県羽島郡）にも取引先を持ち、さらに京都の業者とも唐糸取引をはじめ、その商売を着実に推し進めていった。

さらに、紅葉屋の資産をより豊かにさせる出来事が。慶応三年（一八六七）八月ごろ、名古屋地方にはじめて神札が降った。これをみた民衆は、「ええじゃないか、ええじゃないか」と踊り狂った。商魂たくましい紅葉屋が、これを看過するはずはない。踊り子たちのそろいの衣装を調製し、大利を手中に。もっとも、富田家の家史、『紅葉《こうよう》含類聚《しゃるいじゅう》』は、「ええじゃないか」に便乗し、衣類の大量のまとまった注文を受けた、とは考えにくい、同家に残された当時の帳簿類からも、その事実を立証するものは出てこない、と首をかしげる。とはいえ、重助が願望してやまなかった、一日一〇〇〇両の売り上げ達成は、実現できたという。

重助、明治九年（一八七六）一〇月、若くして死没。横浜で手にいれたものの、開け方を聞かなかった、銅鉄製の「開かずの金庫」を、床の間の置き物がわりに残したままに、である。


（『NAKA』一五〇号、二〇一二年一〇月）

一五

「長者丸」、「富宅丸」とか、「カネモウカル」薬とか、の金持ちになれる良剤の有効成分「家職」、「家業出精」を十分活用した名古屋商人は、中須賀町の洋物商、紅葉屋富田重助に限られるものではない。紅葉屋の店と指呼《しこ》の間、鉄砲町（現・中区栄）の金物屋、笹屋岡谷惣助家も、ここで紹介するに適切。

岡谷家の初世総助宗治は、はじめ神谷を名乗る。美濃加納（現・岐阜市）の領主戸田家に仕えた。ところが、やがて武士をやめ、寛文九年（一六六九）春、尾張徳川家の城下町名古屋に出て、打刃物の商店を開く。近世初頭、慶長の開府とともに移住を始める、名古屋商人のうちでは、ややおそい進出に違いない。広小路以北、都心の基盤割にはすでに商家が建ち並び、入り込む余地に乏しく、たとえそれができたとしても、購入するのに多額の費用を要した。同家はやむなく基盤割ではないが、これに隣接する鉄砲町を創業の地にえらんだ。当時、周辺は野原で、雪の降る日にはうさぎ狩りに興じ、山犬も出没して、人びとに危害を加えることも。ただ、鉄砲町自体は城郭から東海道宮宿に通じる、メーンストリート美濃路に立地、商売に好適であった。岡谷家の店舗が以来、現在に至るまで、この町を離れないのも、あるいはこうした理由によるものであろうか。

さて、名古屋の商業は七代藩主徳川宗春の治世、享保(一七一六〜三六)、元文年中(一七三六〜四一)に、飛躍的に発展、「名古屋の繁華に京(興)がさめた」と評判が立つ程。たとえば後年、岡谷家と姻戚関係を結ぶ、茶屋町の呉服の富商伊藤屋伊藤次郎左衛門家。名古屋築城とほぼ同時期に、清須から移住し開業した。元文元年(一七三六)、五代主の祐寿が呉服小間物問屋をやめ、店舗を拡張改築のうえ、呉服太物小売りを始めた。人手が足りなくなり、店員も増員。それに合わせて、「掟書」を制定し、営業の指針に。その内容は、たとえば、「御法度はかたく相守るべきこと」、「お客様が店頭にこられたら、早速御挨拶すること」、「常日ごろ早起きを心がけること」。祐寿は「現金売り、掛け値なし」の商法も採用、売価の引き下げに成功する。宗春隠居後の元文五年（一七四〇）には、これまで藩呉服所尾州茶屋家が独占していた、藩家への召服御用をも拝命するなど、目ざましい発展をとげた。

これに対し、笹屋岡谷家。享保元文年間の広小路以南、鉄砲町から大須あたりまでの幹線道路西側の情景を活写した、長大の着色巻き物、「享元絵巻」には、位置的にいささかずれが認められるものの、笹屋の店先がたしかに描かれている。しかし、「間口も狭く商品も並んでおらず、飲食の水茶屋であろうか」と、現代の研究者から評される程、ひっそりとした小舗にとどまっていた。そう、岡谷家の成長は、藩主宗春の不本意な政治の舞台からの退場と入れかわるように、四代目を継ぐ総七嘉幸の、はなばなしい活躍にまたねばならなかったのである。

（『NAKA』一五一号、二〇一三年一月）

一六

岡谷家の発展は元文三年（一七三八）逝去の、三代総助嘉弘のあとを継いだ、四代総七嘉幸の代に目ざましい。「享元絵巻」には、小舗に描かれている笹屋だが、このころになると、店頭には多種多様の商品が所せまし、と陳列されていた。くわ、すき、なた、草鎌といった農具、毛抜き、かみそり、はさみ、湯たんぽの家庭用品、釘、かすがい、小刀、斧、金槌のような工匠具。おかげで店舗が手ぜまになり、宝暦一〇年（一七六〇）には、南隣りに新店を普請。あらたに銅製品も陳列し、客足を呼びこむ。「金物なら笹惣へ」。評判は波紋を描くように、他国他領にもひろがる。話はそれる。

三河加茂郡三好村（現・みよし市）といえば、近世後期、名町奉行と喧伝された、大岡越前守忠相を祖とする、三河西大平（現・岡崎市）藩の所領。安政三年（一八五六）六月の地震で大破した、江戸屋敷の修理のため、村民は一軒に縄六把の供出を課せられたうえ、修築用の釘かすがいを調達せよ、との命を受けた。村民一同協議の結果、国境をこえて、尾張名古屋の笹屋に資材を発注。購入した釘とかすがいは代金一七両三文銀一匁四分五厘にのぼった。これ等は一二個口に梱包して馬に乗せ、人足がつきそって、六月一一日、役所に無事届けた。

さて、嘉幸は良質な商品を豊富に確保するため、大志と熱情を注ぐ。全国生産品の集散地大坂を仕入れ先とし、海上輸送の方法で名古屋に運ぶ。多発する海路での遭難や盗難から、荷主の権益をまもるため熟慮断行《じゅくりょだんこう》、自家同様の仕入れルートをとる、名古屋の商家一二軒で「極印講」を結成。また、航海の安全を祈願して、海上の守護神、住吉社（現・熱田区新尾頭）を堀川ぞいの、景勝の地に勧請した。

嘉幸を商品仕入れ経路確立の功労者としてたたえるならば、寛政（一七八九〜一八〇一）末、六代主の重責をになった、総助真純は流通面で力量を発揮した経営者として、称賛に値しよう。季節番頭制である。農閑期の労働力を活用するため、農民を対象に販売員を募集したところ、多数の応募があった。臨時の販売員として契約した人びとには、笹屋印を染め抜いた大風呂敷、商品見本、それに尾張藩の鑑札を渡して送り出す。彼等は北陸から関東へ、東北へ。春の訪れとともに店に戻り、勘定をすませたのち、それぞれの古里に戻る。この制度は販路の拡大とともに、「名古屋の笹屋」の名声と活況ぶりを全国に宣伝するのに、大いに役立った。

笹屋の経営は世相の悪化にもかかわらず、順調に推移。幕末、在名の尾張藩御用達商人三五三人は、九段階に格付けされたが、同家は最高の「三家衆」に次ぐ、「除地衆」四家のメンバーとなる栄誉をえたのもみのがせない。

平成二四年（二〇一二）四月から五月にかけて、名古屋の徳川美術館で、「豪商のたしなみ―岡谷コレクション」とのタイトルで、同家寄贈の美術品が展観された。観覧者は展示の名品逸品を目のあたりにして、岡谷家の富貴をあらためて実感したに違いない。

（『NAKA』一五二号、二〇一三年四月）

Ⅲ

いい仕事しましたね

ある実業家の正月

あたらしい年を迎えた。正月ときくと、私はいつも、明治期に活躍した、ふたりの名古屋の実業家を頭に浮かべる。豊田自動織機、トヨタ自動車など、トヨタ系企業の創始者豊田佐吉と、江戸時代以来の材木屋で、名古屋商業会議所会頭を務めた、鈴木摠兵衛である。摠兵衛については、前にのべた（Ⅱ参照）ので、ここでは佐吉にしぼって紹介しよう。

静岡県吉津村（現・湖西市）にうまれた豊田佐吉は、のち自動織機の発明のため、名古屋にでた。さまざまな苦難を克服して、明治四四年（一九一一）、栄生（現・中村区）に自動織布の工場を建て、研究に没頭。ある日、宵の口から研究室にこもり、製図に余念がない。夜はしだいにふけていく。日がかわって、午前一時、二時、そして三時。やがて、一番鶏が鳴く。ついに、夜があけてしまった。午前九時ごろ、慣れっこの家族も心配になり、研究室をのぞきにきた。とたん、佐吉は片手に図面を持って、とび出してくる。そして、走るように、工場へ。「おい、だれかおらんか」。だが、返事が、ない。家人が近づいて、「今日は元日でございます」。「そうか、そうか」と、彼は大笑いした。

知恩の賀詞をのべるため、元旦をわすれなかった鈴木摠兵衛にたいし、佐吉は研究に熱中して、元日をわすれる。ふたりの明治期実業家の心意気を感じる、あたたかな、あかるいエピソードではあるまいか。

ことしこそ、よい年に、と祈るのみである。

（『JIGA東海会報』二巻、二〇〇三年一月）

チンチン電車、広小路をゆく
――眠られぬ夏の夜に

暑い。とにかく、名古屋の夏は、暑い。最高気温の出現日数や、気温の日変化は他都市と、それほどかわらない。しかし、湿度のほうは、東京、大阪と比較して、断然、高い。それはじとじとと汗のにじみ出る、不快な蒸暑なのである。

サウナ、蒸し風呂は、なにもいまにはじまったのではない。江戸時代中期、尾張藩士朝日文左衛門の膨大な日記風の著作、『鸚鵡籠中記《おうむろうちゅうき》』。彼は夏の個所で、「炎暑」、「蒸暑」を連発し、「夜、あまりの暑さで、なかなか寝つかれない」と、音《ね》をあげる。そして、対策として、「むしむしする。日暮れから、清水（現・北区）へ、納涼に」や、「四時ごろ、友だちの家の涼み台で、酒をくみかわす。いい気分で、十時、帰宅」。

世は、明治。市民は夜風に誘われるように、浴衣がけで、盛り場広小路をぶらついた。「広ブラ」は、手ごろな消夏法であったのである。

三一年（一八九八）五月、名古屋電気鉄道は笹島ステーションと、いまの中区役所の東、県庁前間に、チンチン電車を走らせた。車体の高さ三・〇八六メートル、幅一・七五三メートル、長さ六・五二八メートル、チョコレート色の文明開化のシンボルを一目みよう、と夕涼み客が車道にあふれた。興奮した群衆は祭りの山車を取りかこむように、電車について移動する。あわてたのは、会社。社章の入った弓張り提灯《ちょうちん》を持った監督補に、車体の前をかけさせた。「おおい、電車がくるぞおう。どいた、どいた」。「広小路あるけば、電車がとおる。チンチン。御園か、柳橋か、ステンショか」と、電車は歌にまでもてはやされた。名古屋瓦斯がはじめてガス灯をともし、ガスコンロを宣伝したのも、広小路であった。

広小路の街角から、路面電車の姿が消えて、久しい。露店をひやかす人波は、過去のかなたに。「広ブラ」のことばも、もはや死語になってしまった。かわらないのは、皮肉にも、蒸し暑さ。しかも、である。ヒートアイランド現象とやらで、深刻さをましつつあるのでは、と体感するのは、はたして、私だけであろうか。最近、広小路にかってのにぎわいを取り戻そう、との動きが、有識者の間で持ち上がった、と耳にする。計画の実現を、心底期待したい。

（『ＪＩＧＡ東海会報』三巻、二〇〇三年八月）

わが健康法

成人病罹患への不安、新型肝炎流行の懸念、相つぐ医療ミス、医療費負担の増大等。医療を取りまく環境は、昨年（二〇〇三年）も依然きびしかった。

第一生命経済研究所の、ライフスタイルに関する調査。二〇〇三年一月、二月に、一八歳から六九歳までの、男女二〇〇〇人に質問、一四七二人の回答をえた。さまざまな生活上のリスクのなかで、なにに不安を感じているか、を答えてもらったところ、一番多い八四・四％が、「自分や配偶者の病気やけが」をあげた（『朝日新聞』二〇〇三年一二月三日朝刊）。

社業の第一線にたって、業績の向上に日夜心を砕き、多忙な日日を送っておられる経営者の方がたは、それぞれ自分にあった、健康法を工夫し、実行しておられることだろう。明治から昭和前期にかけて、名古屋財界をリードした人びとも、例外ではない。ここではふたりの、ユニークな健康法を紹介してみたい。

名古屋を代表する繊維商社の一、滝兵右エ門商店、現タキヒョー社長滝信四郎《のぶしろう》。明治中期、父兵右エ門から経営の実権をゆだねられた彼は、店員に早起き、すもう、自転車の遠乗りを奨励、運動会を開いて、その健康増進につとめた。自身も、規則正しい生活を心がけた。一日の勤務を終えると、本町（現・中区丸の内二丁目）の店を出て、まっすぐに南鍛冶屋町（現・中区栄）の自宅へ。そして、六〇〇坪もあった、宏壮な邸宅の雨戸を自分でしめてまわる。朝は朝で、午前四時半、起床。ゆうべしめた雨戸を、みずからの手であける。温室の花を切って、部屋部屋にかざる。冷水浴のあと、仏前で朗朗と、経を読む。

読経といえば、名古屋鉄道の藍川清成《あいかわきよなり》には、おもしろいエピソードが（Ⅳでもふれる）。彼は名古屋押切町（西区押切一丁目等）と新岐阜とを結ぶ名岐鉄道と、神宮前、吉田（豊橋）間の愛知電気鉄道を、昭和一〇年（一九三五）に合併、名古屋鉄道を誕生させ、自身初代社長に就任した。藍川家は天台宗、のち真宗に改宗。ところが、夫人が大の法華信者のため、引きずられて題目をとなえるようになった。朝、一時間程正座し、お経をあげる。旅先でも、欠かしたことがない。夫人の没後、友人から、「先祖のまつりを怠っている。阿弥陀さまの後光が三本折れているのが、なによりの証拠」と注意された。日蓮宗のりっぱな仏壇のかげに押しやられた、本願寺のそれを点検すると、本当だった。ふっつり経文の読誦をやめ、好きな長唄に転向する。声を出すことでは、お経も長唄も同じ、というのが、その理由。彼は舞踊にも精を出し、師匠もおどろくくらいの名手とうたわれた。

大声をあげること、からだをこまめに動かすこと。これ等が先輩の健康の秘訣らしい。

ことしもすこやかに。私は新年を迎えたいま、衷心よりそう祈るのである。

（『ＪＩＧＡ東海会報』四巻、二〇〇四年一月）

おれ流入浴法

ことしの夏も、暑い。こんなときには、一風呂、浴びるに限る。昔も、今も、である。

尾張藩二代藩主徳川光友《みつとも》。彼のバスルームには浴槽がなく、板の間にむしろが。樋《とい》から直接、湯を滝のように、からだに注ぐ。現代のシャワーといったところか。「熱い」、「ぬるい」、「水」、「とめる」。四色にぬりわけた合図の縄を引くことで、温度が調節される仕組み。湯殿の役人は、湯加減に一苦労する。江戸藩邸の樋は長さ一町（約一〇九メートル）もあるので、寒中には、湯がさめる。さりとて、熱くしすぎると、殿さまが火傷。ぬるすぎると、かぜを引く。

こんな豪華版でなくとも、近代財界人の風呂にまつわるエピソードは、数多い。

近世後期の天保年間（一八三〇〜一八四四）に、尾張国一宮村で、綿屋半七が始めた綿の仲買いが、繊維総合商社豊島株式会社へと成長した、豊島家。五代目半七によれば、同家は「質素倹約」につとめ、風呂の湯は桶二杯までとし、からだが完全に洗えなくて、湯がよごれてしまっても、垢をすくって捨てれば問題ない、といった具合。

きたない湯で、頭に浮かぶのは、自動織機の発明家、豊田佐吉。彼の風呂好きは有名。従業員がなん人も入浴し、濁った湯でも、よろこんで身を沈める。発明の考案で、心身が疲れると、有馬や修善寺などの温泉に出かけることもたびたび。家人になにも告げずに、ある日、突然消えたりする。明治三七年（一九〇四）の暮れの話。胃腸を病み、入湯のため、有馬に向かう。ところが、数日たって、名古屋の夫人のもとに、「ジュウビョウスグコイ」との電報が届いた。夫人は取るものも取りあえず、有馬に急行。佐吉ははやく病気をなおそうと、一日に、五、六回風呂に入り、しかも長くなかにいたため、湯あたりして、フラフラ。苦笑いしつつ、「物ごとは、あまりせいてはいかん」。

昭和の名古屋陶業界のリーダーとして、「法皇」とうたわれた、瀬栄合資の「茶わんや水保」こと、水野保一。正確な時期は判然としないので、かりに戦後の某月某日としておく。旅館で、せっせと剃刀を動かす友人に、「替え刃は。どれほどもつのかね」。「まあ、二回程度ですか」。すると、水野、「それだから金繰りにこまるのだ」と、大事に紙に包んだ刃をみせて、「ぼくのは、終戦以来、ずっととおしているのだ」。あふれるばかりに、なみなみと湯がたたえられた浴槽に、勢いよく入ろうとする同伴者に、声をかけた。「湯を汲んで、まずからだを洗おう」。彼の腹づもりでは、湯船から湯をむだに流さずともすむし、湯の清浄さも保たれる、一挙両得ということになる。

人いろいろ、おれ流の湯浴みの仕方もあればあるもの。したたり落ちる汗を流して、気分爽快、酷暑を乗り切りたい、と私はおもう。

（『ＪＩＧＡ東海会報』五巻、二〇〇四年八月）

商機、到来

名古屋では、昔から、「博覧会ぶとり」ということばを耳にする。博覧会開催を節目として、名古屋が繁栄、発展する、と。年があらたまると、もう春。世界の国ぐにが、人びとがつどう愛・地球博、愛知万博の開幕も、目前にせまる。

九〇年以上前、明治四三年（一九一〇）三月一六日から六月一三日まで、名古屋鶴舞公園敷地で開かれた、第一〇回関西府県連合共進会。三重県津市での前回、つまり第九回共進会にくらべ、四倍の規模をもつ。観覧者は二〇〇万人に達し、名古屋に熱気があふれた。

もともと地味で、控え目の地元実業家は、宣伝が苦手。商品を陳列するのでさえ、客にみせびらかして、押し売りをするみたい、と遠慮がち。ところが、である、このときは積極的に取り組んだ。活発に動いた。

天保一一年（一八四〇）創業の、生粋の土着商家、伝馬町（現・中区錦）の茶舗、升半《ますはん》茶店。

碾茶《てんちゃ》と玉露《ぎょくろ》を出品、みごと一等賞に輝く。そして、「製茶案内」と題した「ちらし」をくばって、熱っぽくＰＲした。今回、当市において共進会が開催され、盛況を呈するに相違ない。弊舗は品質の精選を第一とし、価格の低廉につとめ、この機をのがさず、日ごろの素志を貫徹したいので、御来名の折はぜひ御用命を。続けて、茶は共進会の土産に好適とおもわれる、御同好のお方にも、御吹聴願いたい、と付け加え、念を入れるのを忘れない。

共進会効果は市民の予想をはるかに超える、広く、大きなものであった。共進会の開場を一〇日後に控えた、三月五日、慶長開府以来の、呉服の老舗、茶屋町いとう呉服店、現在の松坂屋は、栄町大津町角（現・中区栄三丁目）に進出、百貨店として、新装開店。近世復古式、木造三階の洋館のまわりは、人また人。前夜に降り積もった雪は踏み荒らされて、一面ぬかるみに。名古屋駅（笹島）と千種とを結ぶ、チンチン電車が着くたびに、あらたな一団が、輪のなかに吸い込まれる。広小路通りや南大津町筋からの、徒歩の客も多い。特別輸入のガラスをはめたショーウインドーの、桜花らんまんたる、東京上野の春景色をバックに、日米両国の盛装した婦人が握手する飾り付けに、おもわず歓声がもれる。定刻、午前九時、扉が開かれた。開店初日だけで、三万ないし四万人が入場。市の人口が四〇万五〇〇〇人の時代だから、人気の沸騰ぶりが想像できる。わらじ履きもみられたので、郊外からの来店もすくなくなかったらしい。

有効求人倍率日本一、大手企業本社名古屋移転、製造品出荷額二七年連続全国首位、中部国際空港開港。それに、である、共進会とは比較にならぬ規模の万博の誘致。洋洋たる未来にむかって、変貌《へんぼう》する元気印名古屋の手にした、絶好の商機。私は企業の方がたが、このチャンスを十分活用してほしい、と強く望む。

（『ＪＩＧＡ東海会報』六巻、二〇〇五年一月）

お値打ちの、愛・地球博に

いま、名古屋では顔をあわせると、「愛・地球博へいかれましたか」とたずねられる。「まだ」と答えると、「私も、これから」。いちはやく会場を訪れたのは、どうも遠足の小中学生たちらしい。朝の渋滞を避け、一限目の授業開始時刻を繰りさげ、地球博の入場者数を固唾《かたず》をのんでみまもる、近隣の大学当局も、道路が比較的すいていて、拍子抜けの風情《ふぜい》。

原因の一つは、高い入場料に見あうだけの価値があるか、たのしめるか、にある。名古屋市民は息をひそめて、様子を注意深くみつめている。

ここで頭に浮かぶのは、前にもふれた、明治四三年（一九一〇)、共進会にあわせて百貨店に進出した、いとう呉服店、現松坂屋の事例。開店そうそうのこと。同店を訪れた客が、まじめな顔つきで、「入場料はおいくらですか」。共進会とまちがえたらしい。無料、と教えられて、目を丸くする。それはむりもない。「売っていないものは、空気ばかり」とまではいかなくても、多くの商品が整然と陳列されて、みてたのしい。三階建ての一階に、綿布、モス、セルなどの洋反物、化粧品、小間物、パラソル、はき物、文房具、玩具、旅行用品、二階に、呉服太物類、三階には、陶磁器、美術品、貴金属といった具合。欲しい物をたしかめて、自由に求めることができる。別に買うあてがなくても、売り場をブラブラみて歩くだけで、けっこう満足がいく。たのしい。それは古本屋、衣料品店、食料品店、植木屋をはじめ、露店のたち並ぶ、縁日の雰囲気とかわらない。

だが、デパートには、縁日にはない、もう一つの魅力があった。二階の洋風休憩室と日本間、三階の食堂など、最新の設備もさることながら、そこで働く女子店員のやさしい応対ぶりが人気を呼ぶ。それにとどまらない。全国の優良織物を一堂に集めて展示した、「第一回新織物陳列会」を皮切りに、盆石生花展、小学生作品展、女子技芸展、郷土玩具展、名物展と、次つぎに企画された、各種催事も好評を博した。ときには美術館になり、ときには博物館にもなる百貨店。子どもたちは、屋上庭園や三階ホールでのおどり、音楽、手品、童話作家たちによるお話会に息をはずませる。

「金を出して、おもしろくないものをみるよりも、いとうさんへいったほうが気がきいている」。「いとう呉服店で、ただで遊んでこよう」。勘定高い名古屋人には、これはたまらない。

名古屋港にこのほど開業した、「名古屋港イタリア村」。イタリアのベネチアを再現した複合商業施設で、入場無料。人が押しよせ、事故が心配される活況ぶりは、いとう呉服店の開店時の情景に通じるものがあろう。

世界の風物の美事さ、先端技術の鮮烈な印象が、小中学生の口から、祖父母、両親らに熱っぽく語られ、入場料のお値打ちさが納得されたとき、愛・地球博の会場は、人の波につつまれるに違いない。

（『ＪＩＧＡ東海会報』七巻、二〇〇五年九月）

黄金の腕

耐震強度偽装事件が、連日新聞やテレビのニュースで報ぜられ、深刻な社会問題に発展している。欠陥が指摘されたホテルは、休業に追いこまれ、マンション住民の不安もつのる。それにつけても、私は近代名古屋の発明家、企業経営者で、工作機械のトップメーカー、オオクマ（愛知県丹羽郡大口町）の創業者、大隈栄一《おおくまえいいち》の名が頭に浮ぶ。

大隈栄一は明治三年（一八七〇）九月、佐賀県神埼郡目達原（現・佐賀県神埼郡吉野ヶ里町）でうまれた。一時、警察に身を置くが、「官から民へ」と、実業の世界に転身する。岳父《がくふ》の鶴沢栄吉と佐賀市でうどんをつくる機械、製めん機の製造を手がけたが、やがて名古屋へ。市民が麺類好きで、ここなら採算がとれる、と踏んだからである。彼は現金三〇〇円と工員一名をともない、石町（現・東区泉）に、「大隈麺機商会」の看板をかけた。ときに明治三一年（一八九八）一月。ちっぽけなかじ屋で、道具といえば、手まわしの旋盤ぐらい。地元になんの縁故もない悲しさ。工場が神楽《かぐら》町（現・東区東桜）から富士塚町（現・東区泉、東桜）へと移った事実からも理解できる。

辛酸をなめてきた栄一に、陽光がさしはじめたのは、大正三年（一九一四）の世界大戦勃発のとき。すでに日露戦争以来、工作機械の製造に手を染めていた彼に、東京砲兵工廠から小銃用旋盤、工具製造機の注文が舞いこむ。いずれも、納期はみじかい。周囲はとても無理、と悲鳴をあげる。しかし。栄一は従業員の先頭にたって大奮闘。ついに、期限までに納品した。それればかりか、真摯《しんし》でていねい。製品のできばえもすばらしい、と検査官が絶賛するほど。東京砲兵工廠から注文を受ける際は、リスク覚悟で、なるべく精密さを要し、構造の複雑なものを選んだ。目の前の大利を度外視し、工場の将来と輸出の増大という国益をみすえた、遠大な志によるものであった。

無名ながらも。技術者としての王道を歩む栄一。このころになると、彼の周辺には、いくたりかの熱烈なファンがあらわれた。愛知銀行（現・三菱東京ＵＦＪ銀行）頭取渡辺義郎も、そのひとり。顧客のなかに預金はするが、一度も引き出さない、奇特な工場主がいた。興味をおぼえ、面談。いかにも正直そうで、事業の内容を木訥《ぼくとつ》な口調で説明。話題が仕事に移ると、俄然熱っぽい。彼のフロントランナーとしての資質、力量、人間的魅力のとりこになった渡辺。当座貸越契約を結び、資金の面倒をみることとする。この人物こそ栄一で、渡辺の好意にむくいるべく、彼は毎月丹念に調べた、詳細な営業報告書を銀行に届け、収支の明細を報告した。

江戸時代からの金物屋、岡谷合資（現・岡谷鋼機）の岡谷惣助（Ⅱ参照）。図面一枚で優品を製造する創意工夫、技量を買い、販売面で一肌ぬぐ。栄一は工作機械から繊維機械、木工機械へ、乗用車までつくるほど。

企業の社会的責任が、今くらい問われるときは、ない。誠実に、愚直なまでに技術にこだわる、彼の黄金の腕に学ぶところはすこぶる多い。

（『ＪＩＧＡ東海会報』八巻、二〇〇六年一月）

紙か、木綿か

―「電気用品安全法」の実施にあたって

電気製品の安全性を保証する、「ＰＳＥマーク」のない用品の製造、販売を禁止する、「電気用品安全法」。近づく本格的実施をめぐる記事が、いま連日、新聞の紙面をにぎわせている。中古の家電製品の一部が売りたくても売れない。このままでは、中古家電はゴミとなるかも。

それにつけても、私は近世後期、尾張藩が発した不用意な倹約令が、民衆の暮らしにあたえた深刻な影響を頭に浮べる。話は一七〇年近くさかのぼる。天保三年（一八三二）八月、名古屋城下を西へやや離れた押切村（現・西区）の町人で、庄屋を務める一東理助。藩政府が危機に瀕した財政の再建を目指し、衣服、調度、贈答等、日常生活の細部にまで立ち入り、倹約を強要した施策に首をかしげ、一書をしたためて、建言するところがあった。

　理助は渋面をかくさず、率直に説く。当局が質素をむねとし、現在使用中の品がぜいたくだ、として、粗品にかえよ、と命じられても、それは迷惑至極。四人家族のわが家では、四季の衣服を粗服に買いかえた。妻や娘の櫛、かんざしも同じ。おかげで金一〇両もの大金を費消させられた。どこの家庭でも、そうらしい。

　彼は話題をかえて、端午の節句の鯉のぼりは木綿をやめて、紙製にせよ、との藩命にも、批判の矢を容赦なく放つ。木綿は農民が丹精した綿をもとに、手織りでこしらえる。金銭が必要なのは、染め賃だけ。紙のぼりを購入する費用でできてしまう。のぼりの大竹だってそうだ。軒につるして保存し、何年でも間に合わせる。子どもが成人して不要となれば、樋竹として役立つ。それにたいして、と理助は続ける。紙のぼりにかえると、まず竹から新調せねばならない。それやこれや雑費を比較すると、木綿のほうがかえって安くつく。

　ここで口調を強めて、熱っぽく木綿の効用を力説する。木綿はのぼり以外に、転用がきく。そして、自信をかくさず、木綿地と紙地の決定的優劣を指摘。端午の当日、急に雨が降り出すと、紙のぼりはあわてて取り込まなければならない。朝から雨天のときは、立てることもできない。とりわけ初のぼりの祝いでは、不吉だ、と気にやむ者もいるはず。表面的には節減にみえても、実情はそうでない。藩庁の思惑と現実の乖離《かいり》を、理助は強調したかったのである

私は安全確保の必要性は認める。だがしかし、売れ残った製品が廃品となるのは、循環型社会に逆行する。資源節約が叫ばれる昨今の風潮にはそぐわない。当局は規制の実施には、慎重の上に慎重でなければならない、と私は痛感する。倹約令の弱点を冷徹《れいてつ》な眼で巧妙についた、理助の提言は示唆《しさ》に富み、その貴重な教訓となるであろう。

（『ＪＩＧＡ東海会報』九巻、二〇〇六年九月）

Ⅳ 祈りを

私の歳時記

信仰に生きる

帰途での法難──吹原事件

とにかく、名古屋をはじめ愛知県は最近、めっぽう元気がいい。意気があがる。いったい、その元気印はどこからきたのか。今日の盛況のもとを築いた先人たちの人生観、生き様の地層を発掘するのも、無駄ではあるまい。

事件は維新の風が吹きすさむ、明治二年（一八六九）一〇月一日の朝、いまの時刻に直すと午前九時すぎ、名古屋の都心袋町（現・名古屋市中区錦）で突如発生した。

旧尾張藩御用達商人の首座、呉服太物商の伊藤屋、のちの松坂屋、伊藤次郎左衛門家一四世主人祐昌は、縁戚筋の富商、金物屋の笹屋（現・岡谷鋼機）、岡谷惣助家八代惣七、同芳蔵、幸蔵、それに、これまた富家の木綿屋、吹原九郎三郎に尼僧をまじえて、前日の雨で道のあちこちにできた水たまりをよけつつ歩いていた。

するとと、一行の最後方にいた吹原に、突如斬りかかる者がいた。振り向くと、どうも武士らしい。「自分は吹原九郎三郎。人違いするな」。よく確かめるように、と相手に頭を向けた途端、また一太刀。鮮血が顔面に飛び散った。幸蔵は吹原がなにか無礼を働いた、と勘違いして、ぬかるみに土下座し、平身低頭、「どうか、お許しを」。

不幸にも、彼は強度の近眼のせいで、乱心者とは気がつかない。祐昌、惣七らは伝馬町の、萱津屋武兵衛方に逃げこみ、芳蔵も立てかけてあった竹の間に身をひそめて、危うく難をまぬがれた。

しかし、である。幸蔵だけは、ただただ謝罪するばかり。九郎三郎は、向こうは常人ではない、早く立ち去れ、と呼ばわるとともに、自分も駆けだした。瞬間、またもや背後から凶刃を浴びせられた。「人殺し」。吹原の必死の悲鳴を聞きつけ、飛び出してきた両側の住民によって、乱心者は捕らえられ、吹原は危うく命をとりとめた。

街角の話題をさらい、衆人を恐怖の渦に巻きこんだ事件は、もとをただせば、祐昌の細やかな、やさしい気配りから発したとは、皮肉としかいいようがない。

文久二年（一八六二）に全国に蔓延したコレラで、惣七は妻子三人を失った。傷心の淵に沈んだ彼は、人が変わった。別宅に引きこもったまま、念仏と写経で日日を過ごしていた。

祐昌は心配でならない。気分転換に、と惣七たちを袋町円輪寺で開かれた、仏書講釈に誘った帰途での災難だった。

倹約一筋のなかから巨額の寄進

「愛知県は全国一の宗教王国」（川口高風氏）、「名古屋は全国に冠たる仏教都」（名古屋市復興局）と称されるだけあって、名古屋市民の信仰心は篤く、近代実業家の宗教にまつわるエピソードは、吹原事件だけにとどまらず、すこぶる豊富に聞く。ここでいくたりかを紹介したいが、前提として、彼等商人の系譜につき、かんたんに触れておこう。

明治以後の名古屋商人は、三ないし四の系統に分類される。一は尾張藩政期以来、名古屋で商工業活動に従事した、土着派。多くは藩の御用達商人の流れをくむ。第二は幕末維新時に、尾張の農村を離れ、名古屋に進出した、近在派。三は外様派で、それらは旧尾張藩士あがりの士族派と、他国出身の文字どおりの他国派と、二つに細分されるが、いずれも明治に入って、活動を活発化させた。

話を本題に戻す。土着派の代表として、伊藤次郎左衛門家をあげることには異論が出まい。一七世紀初頭、慶長開府とほぼ同時に創業した、呉服の老舗。仏教の根本義、「諸悪莫作、衆善奉行」を家憲とする同家。五代祐寿は、元文元年（一七三六）一一月、店則として「掟書」を制定し、営業の指針に。のべて、「毎日暫時なりとも、神仏の礼拝いたすべく候。人の思いよりの仏菩薩の名号一通りなりとも、となえあるべく候」。

歴代の主人自身、率先して敬神崇仏を実行したことは、いうまでもない。一三代祐良は、吹原遭難の関係者祐昌の父にあたる。財政難にあえぐ尾張藩への調達金の工面に、塗炭の苦しみを味わいながらも、大般若波羅蜜多経をはじめとする写経に精魂を傾け、その数ほぼ二千巻に達した。

前にもふれた（Ⅱ参照）が、伊藤家から、明治初年に三〇〇〇円という大金を借用し、家業の材木業の再建をなしとげた、材木屋（現・材摠木材）の鈴木摠兵衛。名古屋商業会議所（現・名古屋商工会議所）会頭、愛知時計製造（現・愛知時計電機）社長等にも就任。燦然たる経歴にもかかわらず、平素は倹素そのもの。一本のタオルは一年使い、手紙を書けば、相手からの便箋の余白か、裏かに。

そうした彼だが、明治三九年（一九〇六）ごろ、布池（現・東区代官町）の曹洞宗護国院を復興して、高祖道元禅師の奉安殿を建築する計画が進められると、資金数十万円の調達と運用に注力した。平生の倹素な暮らしぶりを知る者は、目を丸くするばかりであった。

敬神、仏恩報謝の経営

近在派の商人たちも、負けてはいない。尾張の西端、海西群江西村

（現・愛西市）の豪農神野家のひとで、幕末、名古屋中須賀町の小間物商、紅葉屋、富田氏に養われた兄重助に協力し、没後は神野、富田の紅葉屋系資本の中心となって活躍した神野金之助。新田開発、植林事業に手を広げ、名古屋電気鉄道（現・名古屋鉄道）社長のポストにもつく。

東本願寺本山講頭に推挙されるほどの、大の信心家。一六歳のころ、寺の住職にすすめられ、念仏の黙唱を日課に。当初一万遍、やがて二万遍、母の死を悲しみ、三万遍、父の病没を機に、四万遍。日中終えなければ夜、床で続けた。

紅葉屋一派と並び立つ近在派の雄として、絹屋、滝兵右ヱ門商店の存在も注目に値する。滝家は明治八年（一八七五）、丹羽郡東野村（現・江南市）から名古屋に移った。そして五世信四郎の代に、めざましい成長をとげた。

株式会社への転換、店務改革を断行した彼は、名古屋銀行（現・三菱東京ＵＦＪ銀行）や実業学校（現・滝中学校、高等学校）の経営にも乗りだす。従業員の心得二八ヵ条を示し、「神を敬い、先祖を崇めること」、また「仏祖の慈恩を報謝すべきこと」を、わかりやすく解説を加えて、励行を求めた。みずからも厳守した。

戦前、市街の町家の軒に、熱田神宮、津島神社、秋葉神社の三社を祀る、「屋根神さま」をよくみかけた。信四郎は神前を通行すると、かならず帽子をぬぎ、うやうやしく拝礼する。町内によっては、寺院もあれば、神社もあり、その上「屋根神さま」も。そのときは頭のさげどおし。おかげで、歩きながら帽子に手をかける、奇妙なくせがついた、と苦笑い。ふだんも、早朝四時半には起床、冷水浴をすませると、仏前に正坐、朗朗とお経の声をひびかせる。

仏舎利迎え、日奉寺創建

外様派の登場は、名古屋実業界に新風を呼びこまずにはおかなかった。旧藩士出身の士族派のなかでは、「名古屋の渋沢栄一」と令名の高い、奥田正香が光る（Ⅱ参照）。維新の変革で、武士を失業した彼は、しばし官界に身を置いたのち、味噌溜の醸造に転身。資産が蓄積されるにつれ、経済活動をはなばなしく展開する。名古屋商業会議所会頭就任、名古屋電力、名古屋瓦斯、日本車輌等の設立と、多忙を極める。七三歳で仏門に帰依、剃髪。お経をはじめて習ったのは、このときらしい。

奥田と肩を並べる武士の出の俊英として、鈴木摠兵衛家所有の希代の名園、前津（現・中区）の竜門園《りゅうもんえん》に出入りする常客の間で、「竜門の両田《りょうでん》」とうたわれたのが、吉田禄在《ろくざい》。名古屋市の前身名古屋区の区長を務めて、区政の刷新、教育の充実、都市計画に、遺憾《いかん》なく才腕を発揮したほか、名古屋米商会所、のちの米穀取引所の理事長やら、第四十六国立銀行頭取やら、経済界でも偉大な足跡を残した。

明治三一年（一八九八）のことである、イギリス政府が自領インドで仏舎利を発掘したのは。同国はそれをシャム（現・タイ）に贈り、続いてシャム王室からビルマ（現・ミャンマー）、セイロン（現・スリランカ）にも分与された。

このニュースを耳にしたシャム駐在日本公使は、ぜひわが国にも、と熱っぽく懇請した。さいわい、シャム国王の快諾をえて、釈尊「御遺形」を日本に迎えることとなった。しかし、奉安地をめぐって、京都、名古屋等の都市がはげしく争う。名古屋の有志代表に選ばれた禄在は、骨身を削り奔走し、みごと目的をはたした。日泰寺に奉安塔が厳存する、仏教の聖地名古屋の誕生は、彼の尽力によるところが大きい。

不屈心を学ぶ豊田佐吉

一方、他国出身の若き人材も、次次と名古屋に登場する。岐阜県人で、弁護士開業、愛知電気鉄道社長として、名岐鉄道との合併に成功し、名古屋鉄道社長の座をも射とめた、藍川清成。藍川家の宗旨は天台宗だが、真宗に改宗。ところが、である。夫人が熱烈な法華信者。つい引っ張られて、題目三昧。朝、一時間ばかりかけて、誦経。

彼はたいそうな「縁起屋」。日柄、家柄、方角等、なにかにつけて、易者の世話に。夫人をなくしたあとの、昭和一二年（一九三七）の某日。占い師がしげしげ彼の顔をながめて、「先祖の祭祀を怠っている。阿弥陀さまの後光が三本折れているのが、なによりの証拠」ととがめ、「阿弥陀さまを粗略にするのは、先祖を粗末にすることだ」。早速仏壇を調べると、まさにお告げのとおり。日蓮宗の立派な仏壇にくらべて、本願寺のそれは狭い場所に押しやられ、みるも哀れだった。

雑談を、お許しいただきたい。仏壇といえば、地元製作のそれは、「名古屋仏壇」と呼ばれる、逸品。国の伝統的工芸品に指定されている。旧藩公認の内職、「職芸」として士族の手でつくられはじめ、発達をとげた。濃尾平野の水害にそなえ、台を高く、全体を四段階にわけて、運搬しやすく工夫されている。

話を戻し、藍川の後日談をすこし。彼はこれを機会に、朝の読誦をすっぽりやめ、長唄に転向。「いまさら、本願寺の経などおかしいし、大声なら経も長唄も同じ」と弁解する（Ⅲ参照）。

森村市左衛門は、江戸の武具商の家にて生育。義弟大倉孫兵衛の助力をえて、貿易商社森村組を企業、アメリカ向けの輸出を営む。明治二三年（一八九〇）、名古屋に出張所を設け、こえて三七年（一九〇四）、則武（現・中村区、西区）の大根畑のなかに、陶磁器生産の近代的大工場を設立した。日本陶器（現・ノリタケカンパニーリミテド）である。森村はひたむきな仏教の信心家を父母にもち、幼少から読経の声を聞くのが大好き。憧憬が高じて、とうとう出家したい、と両親にせがむ熱烈さ。交易の関係で、外国人、異文化に接触するチャンスが多く、その立ち位置から、キリスト教にも理解と関心をしめした。

トヨタグループの基礎を築いた、豊田佐吉も、ここで語るによい。生誕地、静岡県浜名郡吉津村は元来、日蓮宗の盛んな駿遠地方のなかでも、とくに一村全体が法華信者という特別な土地柄。したがって、彼が烈烈たる日蓮主義者となることも、至極当然といってよい。次から次へと迫りくる艱難辛苦を克服し、正月を忘れるくらい、自動織機の発明にひたすら没頭した勇猛心（Ⅲ参照）は、宗祖日蓮聖人の「四海皆妙法に帰せしむ」との、不屈の精神に由来する。

諸悪莫作と衆善奉行と

土着派であれ、近在派、外様派であれ、当代一流と目され、歴史に名を刻む商人たちの、すぐれた経営、いい仕事の背景には、敬虔な祈りの映像を、鮮明かつ濃密にみることができ、感銘を受ける。

不祥事が続発し、企業倫理、法令遵守、環境や人権への配慮等、社会的責任が声高に叫ばれる昨今、企業は生き残りをかけて、責務の遂行に全力で取り組んでいる。このときこそ、まず仏教の説く、「諸悪莫作、衆善奉行」の実践にはげむことこそ肝要ではないだろうか。

宗教に魂の居場所をもつ者は、強い。そうした者に、働きの居場所を提供する企業も、これまた強い。私は最強名古屋の秘密は、一つには、先覚たちの宗教にたいする熱き想い、信仰に裏打ちされた凛然たる志操が、後継者の胸の底に、いまなお生命の灯をともし、勇気を鼓舞しているからではないか、とおもう。

（『中外日報』二六六六四号、二〇〇四年一〇月）

尾張四観音と節分と私

私のささやかな仕事場の書架に、小川紫雲、田中善一氏共著、『観音旅情』と題し、「尾張四観音参詣のしおり」としるした帯のかけられた、小冊子がある。刊行は昭和三八年（一九六三）二月三日、ちょうど節分の日。私にはこの本を買った記憶がないので、十数年前に他界した母が遺したものに違いない。

内容は城下町名古屋の四方を鎮護する名刹で、尾張藩の手厚い保護を受け、いまもなお尾張の民衆が崇敬してやまない観音霊場、市内守山区の松洞山龍泉寺（天台宗）、南区に所在の笠寺観音、天林山笠覆寺（真言宗智山派）、愛知県あま市甚目寺に建立の鳳凰山甚目寺（真言宗智山派）、中川区の浄海山観音寺、世にいう荒子観音（天台系単立）の四ヵ寺を取り上げ、宗派、山号寺号、本尊、宝物、縁起から交通、土産物まで平易に解説。帯の言葉どおり、参詣の手ごろな案内書となっている。

尾張四観音は、ふだんでも善男善女の絶えることがないが、節分祭にはその年の吉方、つまり恵方《えほう》にあたる寺院をはじめ、どこも人の波。都心部、中区の大須観音の名で親しまれる寶生院北野山眞福寺（真言宗智山派）をふくめ、境内は参詣者によって埋めつくされる。年男年女や知名人らによる豆まきも人気を呼ぶ。

節分といえば、悪鬼を払い、厄を除く豆打ちの行事が、名古屋の商家の間で広くおこなわれた。明治後期から昭和三十年代に至るまで、金物屋を営んだ、典型的な中小企業のわが家も、その例にもれない。節分当日か、その前日か定かではないが、夕食としてイワシの丸干しが出され、家族も店員もいっしょに食べた。

節分の宵、父が主人の威厳をこめて威勢よく、「福は内、鬼は外」と、炒った大豆をまく。小学生の私と弟は、縁側や畳に散乱した豆を、「キャッキャ、キャッキャ」と拾ってまわり、口一杯にほおばる。やがて近所のあちこちからも、福内鬼外のかけ声があがり、童心も高ぶる。

廃業後も、この習慣はわが家に生き残った。商家の主婦として、日中、家を留守にできなかった母は、天下晴れて、節分祭でにぎわう寺詣りにいそいそと出かけた。かの『観音旅情』は、巡拝の知識を得る目的で購入したものに相違ない。龍泉寺の門前で、旧暦正月八日の初観音と、節分の日に売られ、同寺本尊馬頭観世音にちなんだ、素朴な張り子の「春駒」の郷土玩具を私にくれたのも、もとはこの本から仕入れた知識によるものではないか。

母が世を去ったのちは、節分にまつわる一連の慣習は、妻が引き継いだ。ただ、彼女の場合、参詣は恵方に相当する一ヵ寺と、交通至便の大須観音と決めている。地下鉄はこの駅で下車とか、バスはここまで乗るとか、路線図や時刻表を丹念に調べて、こまごま指示するのは私の役目。当日の宵、私が亭主役をおおせつかって豆をまく。近隣にうるさがられては、と小声を余儀なくされる。成人した娘も、無表情でただ傍観するばかり。意気のあがらないこと、おびただしい。

そして、である。昔と大いに違う点を、なお一つ。夕飯に出る「恵方巻き寿司」。「福を巻きこむ」太巻きの寿司を、「縁を切らず」に丸ごと、恵方、ことしでいえば南南東、笠寺観音の方角に向き、ひたすら無言で頬張るのである。「こんな風習は、せいぜい三、四年前に。関西地方からこの地に入ってきた」とは、よく利用するコンビニの主人の話。「しかし、今ではどこの家でも」と、店主は笑顔をかくそうとはしない。

話を戻す。万一、妻が都合のわるいときは、私が代参。四観音すべてを、と決意を固めて、午後出発。電車バスを効率よく使い、参道の人波を足早にくぐり抜け、無事巡回を終えて帰宅するころは、天空に星がまたたく。難行苦行を達成した気分は、じつに清清しい。

ことしも、二月三日がくる。耐震強度の偽装、証券取引法違反、豪雪等、日本のこの冬は暗く、きびしい。そうした冬でも、「かならず春となる」（日蓮聖人）。やわらかな陽光が燦然とふりそそぎ、清新の気がみなぎる春の到来を、私は鶴首して待ちこがれる。

（『中外日報』二六八三七号、二〇〇六年一月）

初詣で

私は「熱田さん」（「あったさん」と発音）と、名古屋市民に崇敬される、わが国を代表する大社、熱田神宮への初詣でを、両親の服喪中を除き欠かしたことがない。結婚して最初の正月以来だから、もう五〇回にもなろうか。新家庭の静穏と家族の健康を祈念するのが、直接の動機だが、幼時、父の供で氏神さまに詣でたことも、いくらか影響したのかもしれない。

初詣でといえば、近代の名古屋商人史を彩る群像のうち、ひとりの近代実業家がおもい浮かぶ。名古屋城に近い堀川端の材木屋、鈴木摠兵衛である。彼は元旦に熱田神宮を参拝、帰途伊藤家に寄って年賀をのべ、旧恩に謝することを生涯忘れなかった（Ⅱ参照）。

徒歩または路面電車にたよる、摠兵衛の時代とは違い、地下鉄名城線が全通、足の便には隔世の感が。神宮西駅から西門をくぐり、直ちに本宮へ。森厳な社頭にぬかずけば、心は水のように澄む。神札と干支の絵馬を結わえた破魔矢をいただき、別宮八剣宮、「初えびす」の行事目前の、摂社上知我麻神社を巡拝、正門をへて、伝馬町駅に向かう。冷気のなか、全天は白く光り、星が宝石のように妖しく煌《きら》めく。

当初、初参りは元朝を選んだ。しかし、この時間帯には教え子の来訪があって、留守にできない。そこで、元日の午前零時前後に変えた。ところが、境内は人で埋まり、敬虔な拝礼など、とても困難。思案のあげく、夕食の年越しそばで腹ごしらえをして、すぐ出発。大みそかの宵の神域は人影もまばらで、荘厳な雰囲気がただよう。帰宅した私は床のなかで除夜の鐘に耳を傾け、嫋嫋《じょうじょう》たる余韻におもわず合掌する。

それでは初詣でにならないのでは、と妻は笑う。ことしこそよい年に、とひたすら祈る。

（『中外日報』じんせいじゃーなる一月号、五七八号、二〇〇八年一月）

片岡忌におもう

あまり知られていないが、「忠臣蔵」で勇名をはせた、播州赤穂（現・兵庫県赤穂市）、高五万石浅野内匠頭長矩の寵臣、片岡源五右衛門高房の墓碑が、東京泉岳寺、赤穂花岳寺のほか、名古屋平和公園、曹洞宗の名刹雲龍山乾徳《けんとく》寺の墓苑にもたつ。それは彼が名古屋で生まれ、幼時をこの地で過ごしたことに関係が深い。

高房の祖父は熊井藤兵衛を名乗り、和歌山、のち広島に移封の浅野氏本家に仕えた。主人の女春姫が、徳川家康の九子で尾張藩祖の義直に婚嫁した際、随従し、名古屋の人となる。三〇〇石を給され、姫の没後も、ここにとどまった。あとを相続した息重次郎。高房はその男子として出生。八歳のとき、長矩の家臣片岡六左衛門の養子となり、赤穂へ移った。

眉目秀麗、才気煥発。たちまち頭角をあらわし、禄も三五〇石と、実家をしのぐ栄進ぶり。しかし、順風満帆かにみえた運命も主君の吉良刃傷、主家断絶で突如暗転。元禄一五年（一七〇二）一二月一五日の吉良邸襲撃には同志に加わり、亡君の怨恨を晴らした。

事件後、頭領大石内蔵助良雄とともに、大名細川家に預けられ、翌年二月四日、幕命により泰然と逝った。法名は刃勘要劔信士。遺髪を熊井家菩提乾徳寺におさむ。

高房の凛然たる壮志、縦横の力闘に、「義心鉄石のごとく、一党のなかでひときわすぐれたる者」と、名古屋士民はさかんに拍手をおくった。熱狂した。「忠義者の娘」として、その女子を妻に迎えた多感の青年も。「仮名手本忠臣蔵」は、「芸どころ」名古屋の戯場で何度も上演、客足を集める。

だがしかし、である。事件について尾張藩当局は冷静であった。冷酷といったほうがいいかもしれない。父親を遠慮に処した。家禄も一五〇石に削った。熊井家の台所はにわか逼迫。ついに高房の百回忌の法要を営む費用にも事欠き、親類一統に出金を懇請する有様であった。

二月二八日は旧暦二月四日の大石の忌日、季語の「大石忌」。それはまた「片岡忌」でもある。同じ平和公園内でも、わが家の墓地とはいささか離れるが、私は彼岸の墓参の折、「忠臣蔵」の光と翳《かげ》を映す、ヒーローの墓前に詣でることが多い。


（『中外日報』じんせいじゃーなる二月号、五九〇号、二〇〇九年二月）

風光る日に

春は出会いの季節であり、別れの時節でもある。人は際会と別離を何度も何度も経験しつつ、それぞれ人生の旅路を急ぐ。私とてもちろん例外ではない。なかでも、なかでも、愛知学院大学との四七年におよぶ星霜は、八〇歳の人生に運命的な、感動的な感化をあたえずにはおかなかった。

昭和三二年（一九五七）四月、名古屋大学大学院の学生から、仏教系曹洞宗の愛知学院大学に教師として着任した。名古屋東部丘陵の城山を背に建つ学舎は偶然、自宅に隣接。だから、多少とも、勤務校に関する情報は耳に、心に刻んでおいたつもり。しかし、内部に入って戸惑った。あわてた。教育研究のほか、釈尊の降誕会、成道会、涅槃会《ねはんえ》、高祖道元禅師、太祖瑩山禅師の両祖忌の行事、大本山永平寺参禅。「行学一体、報恩感謝」の建学の精神も未消化。宗教についての蘊蓄《うんちく》がまったくない悲しさ。見よう見まねに従うだけ。こうして、三十年余の春秋をすごした。

平成元年（一九八九）一一月七日、母、急逝。もともと、わが家は熱心な日蓮宗信者。幼時、篤信の祖母に、法華経「自我偈《じがげ》」の特訓を受けたり、寺詣りの供をさせられたりしたので、素地がなかったわけではない。しかし、である。このショックを境に、私は敬虔な仏教徒に突如変身した。毎朝、仏壇に「お仏供《ぶっく》さま」と呼ぶ御飯と水を供え、読経。高熱が出ようが、繁忙を極めようが、以来一日として怠ったことが、ない。

先祖の命日には、勤行に一時間も。旅行中はベッドの上で、名古屋に向かって看経。檀那寺の盂蘭盆会や宗祖日蓮聖人の御会式には、夫婦で参詣。長く仏飯をいただくうちに、心の深層に清澄な湧水が充満、ある日突然清泉となって、滾滾《こんこん》とほとばしり出たらしい。私は法悦にふるえた、これが仏性というものか、仏縁というものだろうか、と。

祈る、ひたすら祈る、日日が続く、平成一六年（二〇〇四）の春四月、積年の勤務を終え、名誉教授に。風光り山笑う四月の一日。小出忠孝学長から称号記を授与された。番号は第三九号。途端、眼は輝き、ほおはゆるむ。サンキュー。「感謝」の称号記は、大学学舎とは至近距離の、わが城山の仕事場の壁面に、大切に飾られている。

（『中外日報』じんせいじゃーなる三月号、五八〇号、二〇〇八年三月）

春昼の街角にて

春日遅遅、あかるくのどかな陽光が存分に降りそそぐ春昼の街角に、真新しいスーツを身につけ、屈託のない表情と軽快な足取りの、新入社員を見かけるようになった。その初初しさに目を細める私だが、今年は素直に喜べない。

空前の経済危機に翻弄され、内定取り消しの悲運にもめげず、なお就職活動に汗を流す若者が、まだ多数いるからである。四百年ほど前、近世初期に同じ運命に泣いた男がいた。著名な剣客、宮本武蔵玄信。

二天一流、つまり円明流を編み出した武蔵は寛永七年（一六三〇）、四七歳のとき、紹介者をえて、将軍家の一族で、高六二万石の尾張徳川家、今日流でいえば、一流大会社の採用試験を受けるため、名古屋を訪れた。当時、同家では柳生新陰流の祖柳生石舟斎宗厳の孫、兵庫助利厳が剣術指南役。男厳包、改め浦連也も、愛猿を剣の使い手に育てるほどの達人。文教と同時に、武芸にも関心が高い、当主の徳川義直。武蔵の技量と名声を耳にして、早速実際に検分することとした。

場所は名古屋城二の丸虎の間。東西五メートル半の三九畳敷きで、ふすまには群虎と竹の絵が描かれていた。

新陰流腕自慢の家士に向き合う武蔵。眼光炯炯《けいけい》、炎のまなざしで、二刀の剣尖を相手の鼻先に突きつけ、じりじり追い詰めつつ、座敷を一回転。そこで、腹の底から声を発し、「勝負はこのように」。交代した若者も勝てない。手腕のあまりにも見事さに、恍惚の義直は、躊躇することなく採用を内定した。

ところが、好事魔が多く、想定外の障害が。武蔵は背筋を張り強い口調で、「高一〇〇〇石はいただきたい」。尾張徳川家では技能者の初任給は五〇〇石。先輩の柳生兵庫助も、義直が妻の実家からスカウトした儒者堀正意も例外ではない。交渉に失敗した武蔵は、名古屋を立ち去った、円明流の門人を残して。彼らが師の供養碑を二基、笠覆寺と半僧坊新福寺に建立したのは、後年の話。

「柳緑花紅」、値千金の春宵の一刻を徒過するのはもったいない。わびしい。就職戦線に黙黙と挑み、そして勝ち抜き、親友そろって、清艶に咲き誇る夜桜のもとで祝杯があげられるよう、彼等のために、私は強く望む。

（『中外日報』じんせいじゃーなる四月号、五九二号、二〇〇九年四月）

雷

立夏が過ぎ、青葉が日差しを浴びてまぶしく輝くころ、母は毎年、中部国際空港に近い、愛知県常滑市の真言寺院に参詣し、雷除けのお守りをいただいてくる。そしてお守りを自分のほか私にも渡し、肌身離さず持て、という。

雷にもいろいろ、ある。昔むかし、六世紀の後半、尾張国、今の名古屋市中区正木あたりに住む農夫。農作業中に驟雨《しゅうう》に遭遇《そうぐう》し、木陰に逃げこむ。眼前に、落雷。みれば子どもらしい。雷の子は、男児を授けるので楠の船をこしらえ、水を入れ竹の葉を浮かべてほしい、天へ帰るために、と願った。

望みどおりにすると、予言どおり男子をえた。生育するにつれ、怪力の持ち主に。やがて大和（現・奈良県）の元興寺に童子として入寺。彼は、鐘堂に出没して、人に危害を加える鬼を退治。成人ののち出家して、「道場《どうじょう》法師」と呼ばれるようになったとか。

愛すべき説話上の雷ならよいが、母にとって、雷は「地震、雷、火事、親父」との俚《り》諺《げん》どおり戦慄の的。漆黒の雷雲が立ちこめ、閃光が闇を切り裂くと、心が激しく騒ぐ。まずテレビやラジオ、洗濯機のコードをコンセントから抜く。炊事、食事、入浴は一時休止。蚊帳を釣って、あわててなかへ逃げこむ。

父や弟は平気なのに、私だけが母の影響をもろに受けた。母子の周章狼狽ぶりを目のあたりにした妻。子どもを縁側に連れてゆき、稲妻をみせて、「花火、花火、きれいだね」と、声をあげる。雷恐怖症にならないために、教育につとめた。

母の永眠後も、私の雷ぎらいは治癒されることがなかった。雷雨が一段と激しさをますと、無意識に法華経普門品偈を心の中で誦し始める。「世尊妙相具　我今重問彼　佛子何因縁　名為観世音」、そして進んで「雲雷鼓掣電　降雹澍大雨　念彼観音力　応時得消散」。気持ちがいくらか平静となり、うれしい。

ところが、である。最近、私はふしぎにおびえなくなった。恐れなくなった。これも信仰の力か、と口を開いて強がってみせると、妻は首をかしげ、冷たく笑う。「違う、違いますよ。高齢で、耳が遠くなったせいですよ、きっと」。

（『中外日報』じんせいじゃーなる五月号、五八二号、二〇〇八年五月）

梅雨寒

『尾張名所図会』の、雨の名古屋城下町土蔵群の一図は、縹渺《ひょうびょう》たる風韻《ふういん》をかもしだし、夢幻の世界に誘い込む。雨も風情があっていいもの、と心からおもう。だが、正直いって、梅雨は私にとり最も苦手な季節。梅雨寒の朝もあれば、熱暑の夕もある。寒暖の落差の大きさに、体調をくずすこともしばしば。

「かぜは万病のもと」、かぜで発熱する程度なら、まだいい。幼い日、母は余程の高熱でもなければ、うどん屋に、好物の「あんかけ」を注文。昔はどの店にも、紙袋入りのかぜ薬が置いてあり、頼めば丼と一緒に出前してくれた。フウフウ息を吹きかけ、ツルツル口に運び、服薬して床につくと汗が吹きだす。気のせいか、熱もすこし下がったらしい。

鬼門はのどの炎症。いったん声がしわがれると、数日は治らない。日課の仏前での読経は黙読で、家族との会話も身ぶり、手ぶり。難問は大学での授業。口を開くが、声にならない。躍起になると、ますますひどくなるから始末がわるい。学生たちは、はじめ怪訝《けげん》な表情を浮かべ、やがて忍び笑い。

親切な数名は同情をこめた口調で、「のどには飴が一番」、「生タマゴがいいですよ」。主治医のもとにあわてて駆け込むと、「これは一種の職業病。無言が最善の治療法。講義は筆談にしなさい」と御託宣。とんでもない。それでは休講同然ではないか。そこで、毎年梅雨冷えの時季になると、講演などは極力辞退し、会議での発言を少なくして、のどの保護におおいに気を使う。

私は檀那寺の御住職にうかがってみた。テレビ番組に私と共演するタレントにもたずねてみた。「声の出なくなったとき、どうなさいますか」。口をそろえて、そうした経験はないとか。長い間、半信半疑のまま過ごしていた。

ところが、である。先日の新聞に、常磐津節浄瑠璃の人間国宝のお方の談話が紹介された。巨匠は声は腹から発するもの、声帯とは関係がない、ときっぱり。瞬間、私はさとった、そうか、発声に大事なのは、のどではなくて腹なのだ、と。私は自身の訓練の未熟さを悟り、恥じ入った。納得して二度、三度、深く点頭した。

（『中外日報』じんせいじゃーなる六月号、五九四号、二〇〇九年六月）

盂蘭盆会

超多忙の様子をたとえて、「盆と正月が一緒にきたよう」という。そう。八月の声を聞くと、商人のわが家は篤信の祖母を中心に、一三日の精霊迎えに始まる、盂蘭盆会の準備に取りかかる。家中が段段あわただしくなる。

一連の仏事のスタートは、墓地の清掃。檀那寺は日蓮宗。京都妙顕寺の末寺、名古屋都心の東寄り小川町（現・東区東桜等）にある法輪寺。一帯はもと法華寺町と呼ばれたように、法華寺院が立ち並び、俗に「寺町」とも呼ばれた。慶長六年（一六〇一）の開創で、慶長（一五九六～一六一五）の名古屋築城、開府にともない、尾張国都清須から移転した、いわゆる「清須越」。寺町は城下町東端の聖域を形成し、一説には、有事の際、軍勢の宿泊地にも供されたとか。

少年の私は掃除に動員された、若い店員をたすけ、母の指図を受けて、曾祖父母ら四基の石塔に水を注ぎ、たわしに磨き砂をつけてゴシゴシ洗う。周囲の雑草を抜く。午前とはいえ、炎天下の作業で、流汗淋漓《りゅうかんりんり》。蚊取り線香をたくのだが、たちまち手足の数ヵ所が赤く腫れあがる。

作業は一時間ほどで終わり、強い日差しに清らかに光る、墓前に香華を手向け、合掌。もう正午に近い。母は帰途、洋食屋に立ち寄り、オムライスか、ハヤシライスかに、アイスクリームを奮発。たいへんな御馳走に、私はしばし味覚極楽にわれを忘れる。

太平洋戦争の惨禍は、私の身辺にも深刻な影響を与えずにはおかなかった。檀家の間で、烈日赫赫《れつじつかくかく》、七月の新盆の習慣がほぼ定着。市当局の戦災復興土地整理事業のため、町のなかの墓園が、東部台地に造成の平和公園に移り、寺町の景観は大きく変貌。自家の墓石も一基にまとめられ、寺の管理のもとに。

ただしかし、である。お盆の墓参のあと、家族で昼食のため、ファミリーレストランに誘うことだけは変わらない。嬉嬉として品定めに夢中の孫たち。優しいまなざしで見守る妻。彼女の幸福そうな横顔に、私は元気なころの母の面影を重ね合わせる。

梅雨明けはまだ先。猫の手も借りたくなる日は、もう目の前である。

（『中外日報』じんせいじゃーなる七月号、五八四号、二〇〇八年七月）

夜店

秋隣というのに、炎暑が一向におとろえをみせない名古屋の晩夏。私は幼い日、海産物問屋を営む母方の祖父とのぞいた、盛り場広小路の夜店の情景を、ふと脳裏に思い浮かべた。

近世の夜店は「夜陰の壮観」だったが、昭和一〇年（一九三五）ごろも、歩道に多くの露店が並び、客足を呼んだ。衣料品、飲食物、古本、骨董、植木、金魚等。どの辺に出店するか、客の購買心理にたいする店主の読みや好み、場所的条件がからみあい、配置が決まるらしい。

茫漠たる記憶では、同じ品物の売店は、少し離れて店開きしたようである。祖父も私も、買うあてがあるわけでは、ない。時間つぶしでも、ない。全国的に悪評の高い、名古屋の高温多湿の不快さに耐えきれず、ただ納涼のためにひやかしにいくだけ。

ところが、ゆくりなく出会った一品に目がとまり、購入意欲が頭をもたげると、一波乱。「財布のひもがかたい」とか、「石橋をたたいても渡らない」とか、そこは堅実商法の見本ともいえる、名古屋の商人。たとえ安いと判断しても、一応「まけろ」。まして、高いな、と値踏みすれば、徹底的に値引きの強談判。主客の間に、値段をめぐって火花が散る。

業を煮やした祖父。尖った口調で、「もういい」。そして、「安いあちらの店で買うから」と、捨てぜりふを残して、二歩、三歩。売り手はあわてて、吐息をもらし、「わかりました。勉強しときます」。祖父の強引かつ巧妙な流儀が図にあたったかたち。

私は子ども心に、泣く泣く交渉に破れた相手が気の毒でならなかった。初孫への溺愛を愉楽とする老人に、白い目を投げかけた。しかし、成人した私に、母は語った。昭和二年（一九二七）八月、私が誕生のとき、祖父は初めて孫をえた喜悦に、幸福に、後年大学に成長するものの、当時としては数少ない児童福祉施設をもつ、日蓮宗寺院にポンと大金を寄附、感謝の念をあらわしたとか。

「爪に火をともす」質素節約の日常のなかで、激烈な商戦に立ちむかう一方、信仰心を忘れない名古屋商人。そう。祖父もたしかに気骨稜稜たる、典型的なそのひとりであった。

（『中外日報』じんせいじゃーなる八月号、五九六号、二〇〇九年八月）

秋彼岸

朝夕の涼気や風の音に、爽秋の気配を感じ取るこの時期。せまい庭の片隅に、突然円柱形の茎が滑るように伸び、やがて先端に真紅のそりくり返った花が開く。

「彼岸花」、または「曼珠沙華《まんじゅしゃげ》」。強い毒を秘め、墓地などに多く自生するところから、「死人花《しびとばな》」とか、「幽霊花《ゆうれいばな》」とか、まがまがしい異名も。だがしかし、殺風景な庭木の根元を、地面を割ってひらりと舞いあがった精霊のように、繊細に妖艶に飾り立てるこの花に、私は愛着をもつ。花が咲きそろう自然の営みに、秋彼岸の到来をしみじみ感じる。

季語で「彼岸」といえば、春のそれを指すらしいが、わが家の仕来りでは秋もかわらない。人によって歌詞が若干違うが、昔、祖母は尾張地方で伝承されたわらべうた、「田螺《つぼ》どん、田螺どん、お彼岸参りに行かせんか、カラスという黒鳥《くろどり》が、足を突《つつ》き目を突き、そおれでよう参らんわいな」と口ずさみつつも、小学生の私を同伴、いそいそと彼岸参りに出かける。

行き先は「御坊《ごぼ》さま」。真宗大谷派名古屋別院（現・名古屋市中区橘）、つまり「東別院」。広大で荘厳な本堂で合掌、ときには法話の聴聞も。あと善男善女にもまれながら、露店をのぞいたり、飲食店に立ち寄ったりして、帰宅は釣瓶《つるべ》落としに暮色の深まる時刻。

今は檀那寺の彼岸会に参詣し、平和公園に墓参にまわる。習慣として、妻はかならず彼岸の入りに、団子をこしらえる。うるち米の粉の上新粉を湯で練り、表面に光沢を出すため、手の平に片栗粉をつけて丸める。そして、上下を指で軽く押し、扁平の形に仕上げて茹でる。

仏壇に供え読経のあと、わたしがほとんどいただく。醤油をつけ、のりを巻いて食べるのだが、餅のようにべとつかず、淡泊な風味を堪能し、ささやかな味覚の楽園に遊ぶ。団子は彼岸明けに、もう一度つくる。そのころには咲き誇った彼岸花も、色が移ろい、おとろえが目立つ。だがしかし、秋霖《しゅうりん》の日など、花が宿雨《しゅくう》をふくみ重さに耐える姿には、健気さがにじむ。やがて、金木犀《きんもくせい》が鈴なりの花をつけ、あまい香りがただよいはじめる。彼岸がすぎて、ことしもみつけた小さい秋を、いろいろ秋を。

（『中外日報』じんせいじゃーなる九月号、五八六号、二〇〇八年九月）

亥の子のころ

一一月の声を聞くと、秋の終わりを実感し、わが家では冬支度に取りかかる。とりわけ亥の子のころに、である。

亥の子は玄猪《げんちょ》ともいい、冬の季題にも。旧暦一〇月最初の亥の日で、ことしはたまたま一一月七日、立冬と重なる。猪は火伏せの神、愛宕神社の使いであるのにちなみ、この日にこたつに火を入れる。また、多産の猪にあやかって子孫の繁栄を願い、田の神猪を信仰して収穫を祝う。起原は『源氏物語』の世らしいから、極めて古い。もっとも、盛行をみたのは近世。在府の大名たちは江戸城にのぼり、将軍に玄猪の祝詞をのべたあと、菓子を拝受する。民間でも、亥の子餅を食べる習慣があった。

顰《ひそ》みにならったのか、私の家では昔から、亥の子にこたつ開きをする。火鉢に黒黒とした新鮮なわら灰を敷き、赤赤と燃える炭火を埋めて、手をかざす。恋しい暖気に豊饒な、安穏な情感が全身を満たす。

器具がエアコン、石油ストーブになっても、しきたりは変わらない。だがしかし、気まぐれ亥の子が猪突猛進の性癖を忘れて、一一月中旬以降に遅参した年は悲惨そのもの。朝夕の肌寒い冷気に震え、悲鳴をあげる。白状すると、近年は亥の子をまたず、早めの暖房をしないわけではない。

ここ数年、私はデパ地下の和菓子の老舗で、当日限定の亥の子餅を買うことにしている。素材や製法に時代差、地域差があろうが、行きつけの店では、ゆでた小豆を餅米に搗きまぜ、猪を連想させる茶色の皮に、あんを包む、野趣富む佳品。熱い番茶に、とても合う。

話題はかわるが、亥の子に前後する一一月一三日。日蓮聖人の忌日に、一月おくれた御会式、一名御命講が。檀那寺で厳修の法要に参詣。季節外れの桜をかたどる黄、淡紅、緑色が目にしみる造花、「おみおこ」をいただく。

「お祖師様が寒かろう」、「小松原（現・千葉県鴨川市）法難によるお傷も痛むのでは」。仏壇の尊像を、真あたらしい清浄な「お綿」でおおうのも同じ日。花も綿帽子も灯明の淡い火影《ほかげ》に浮かびあがり、荘厳で幻想的な雰囲気をかもし出す。仏間にしのび寄る冬の気配を、肌で感じる。

厳寒の時節の到来は、それほど遠くはない。

（『中外日報』じんせいいんじゃーなる一一月号、五八八号、二〇〇八年一一月）

えびす講の宵に

開府四百年。近世以来、名古屋は商人のまち。今なら一一月か、一二月だが、旧暦一〇月二〇日は「えびす講」。商家では商売繁盛を祈って、福徳の神えびすを祭り、顧客に酒食を供したり、菓子を配ったりする。

高値で買われる「えびす講の買い物」という俚諺《りげん》や、あてにならない商談を指す、「えびす講のもうけ話」との比喩《ひゆ》も聞くが、大売り出しで客足を期待する店舗も多い。

地味な金物屋のわが家。派手な商戦に参加するすることはしないものの、「お講さま」と称して、番頭はじめ店員のため、宴席を設けてきた（Ⅴ参照）。

私がまだ小学生の、そう昭和初期。当日は営業を早仕舞い。宵の口に一同仏間に集まってもらう。「大将」と尊称される父をはじめ、祖母や子どもも同席して、尼僧を招いて読経し、説教を謹聴。終わって、座席をかえて、床の間を背にし、客人が着座、家族は下手に並ぶ。

膳が運ばれたところで、父が深深と頭をさげ、平生の勤労を感謝し、今日は無礼講、大いにくつろいで、と口上を述べ、隣席の私に小声で、酒のお酌を、と促す。料理は母が数日間、勝手の女性連と力を込めて仕上げただけあって、文句なしにおいしい。生来食いしん坊の私。おもなメニューは、七十年の時空を超えても、鮮明に頭に描くことができる。魚の照り焼き、筑前煮、かまぼこと玉子の太巻き。まだある。もずくの酢の物、栗きんとんやほうれん草のおひたしの皿も。お目当てはじゅん菜のおすまし。すいれん科の水草の若芽はヌルヌルで、のどを通る軽やかな感触は絶妙。質素なふだんの食事になれた舌は、天国へ舞い上がる。

「えびす講」自体、冬の季語。店員のえびす顔は紅潮し、素朴なぬくもりが座に横溢、酒宴が頂点に達するころ、台所には肌寒い冷気がしのびよる。もう歳末、一二月二八日払暁《ふつぎょう》の力仕事、餅つきは近い。側の母も同じおもいだとみえ、座敷に視線を向けながら、頬をゆるめてつぶやく。「生きたえびすさま。鯛の釣り竿を杵にかえて、よろしくね」（Ｖ参照）。

（『中外日報』じんせいじゃーなる一〇月号、五九八号、二〇〇九年一〇月）

氏神さまへの御挨拶

お天王さん、那古野の神さま（名古屋市中区丸の内二丁目、那古野神社）は、玄冬の斜陽を浴びてひとりたたずむ、今日までの長い人生にとり、たしかな、そして厳とした原点である。私は昭和のはじめ、七間町五丁目（現・錦三丁目）の、氏子の家にうまれた。記憶にはないが、敬神の念のあついわが家のこと、おそらく私を宮参りや七五三参り、赤丸神事には、お参りに連れていったに違いない。

茫漠たる往時に、追憶の糸を紡ぐと、私が入学した、名古屋市大成尋常高等小学校（現・名城小学校）の校歌に、「うぶすなの　うぶすなの　那古野の神も　みそなはせ　まもりませ」とある。格調高い歌詞の意味を、十分理解しないまま斉唱する。毎月の朔日には先生に引率され、旧友と一緒に列をつくって、鳥居をくぐった。

元旦の求火祭。満天の星をあおぎつつ、まだ夜の明けやらぬなかを、母とともにに社頭に向かう。勢いよく炎をあげる御神火を火縄に移し、グルグル回しながら、家路を急ぐ。雪が舞い、風の吹きすさぶ年は、火が消えないよう一層気をつかう。神聖な火で雑煮を炊き、新春を祝うと、清新な気がみちあふれる。

七月一五日、一六日は待ちに待った天王祭。町内の子ども獅子の仲間に加わり、「元気を出して」と甲高い声をかけつつ、祭礼の美しい提灯が揺れる巷に繰り出す。ところが、数丁先に、西魚町《にしうお》（現・中区丸の内三丁目）の大人たちが奉仕する大蛇の、青緑色に光る大きな頭を発見。たちまち恐怖心に襲われて、祭宿に逃げ込む。

やがて、太平洋戦争。戦火で家屋も財産も焼き尽くされ、一家は住みなれた碁盤割を離れて、東郊城山の地に移った。おかげで、氏神さまとも疎遠になりがち。だがしかし、さいわい会議で、年に数回近隣にいく機会が。そうした折には、つとめて氏神さまに御挨拶を心がけている。神前にぬかづき、ごぶさたをお詫びし、家内の平穏を祈る。なつかしい境内のたたずまいに、子どものころの情景が、鮮明な画像をつくって眼前に展開し、思わず立ちつくす。那古野の神さまは、ありがたくやさしい、心の古里である。

（初出）

V　あじくりげ

にがい酒

カップ酒、女性に人気、足湯つき居酒屋誕生、ボージョレー・ヌーヴォー解禁。昨今、酒にまつわる話題が、新聞の紙面ににぎやか。だが、私の関心はいまひとつ。なぜなら、私は酒を飲まないからである。いやむしろ、飲めないといったほうがいいかもしれない。小缶ビールの三分の一で、頬は火と燃えるやら、心臓は早鐘を打つやら、苦しいことこの上ない。しまった、と後悔するのだが、あとの祭り。しかし、しかしである。ずっと昔はこうではなかった。六十数年前、小学生のころは酒豪少年であった。未成年者飲酒禁止法違反は、とっくに時効にかかっている。親権者たる父母も、世を去って久しい。だから、もうそろそろ私の過去の一齣《こま》を、恥を承知で告白してもよかろう。

私の生家は名古屋都心、現在の中区錦三丁目で伸銅品《しんどうひん》を商う金物屋。明治二十年代に祖父が開業した、典型的な中小企業であった。祖父は安政年間（一八五四一六〇）、岐阜県の笠松の農家にうまれ、明治初年、小学校卒業と同時に、名古屋の古鋼商に奉公。美濃から木曽川を渡って、名古屋商家に奉公するのは、当時一般的なケースだったらしい。明治二十年代に、主家から独立を許され、西魚町に小舗をかまえた。従来の真宗から日蓮宗に改宗したのも、このときか。おそらく主家の宗旨にならったのであろう。大正の中ごろ、祖父が急逝。遺された若き父を祖母が必死で支え、営業を続けた。祖母の心労はいかばかりか。彼女はそこで、心の安定を求め、仏教に深く帰依《きえ》し、信仰の念を強めていった。

名古屋は全国一の仏教都。篤信の実業家は数多い（Ⅳ参照）。わが家も、この例にもれない。年に一度、旧暦一〇月二〇日、「えびす講」の当日、「お講さま」と称して、閉店後尼さんを招き、抑揚のきいた美声の読経、次いで諄諄《じゅんじゅん》とした口調で説教。家族はもちろん、番頭をはじめ十数人の店員も、法筵《ほうえん》の座に。緊張のひとときのあとは、彼等を座敷の上座に迎えて、膳を出す。家の者は総出で、接待につとめる。あたたかく、なごやかな雰囲気が一座にあふれ、心もなごむ。

この日の支度は、数日前から、家族分担して進められる。献立は祖母が決め、母とお手伝いさんが料理を受けもつ。私は私で、お寺さんに供する薄茶を、近隣の升半《ますはん》茶店に買いにいく。ふだんは「広葉《ひろは》」だが、今回は一ランク上の「別儀」。忘れないように、「べつぎ」を「べついん（別院）」と、呪文のように口のなかで唱えつつ急ぐ。よそで世帯をかまえる叔父や伯母も、当日応援に駆けつける。私への手みやげを忘れない、やさしい気くばりに、ついつい頬がゆるむ。

食事につける酒は日本酒で、酌をしてまわるのは、祖母や父の指示で、私の役目。それはそれでよいのだが、相手からの返杯は、大人たちの想定外であった。一杯、また一杯。ときには数杯におよぶこともあった。私の遠い記憶では、いくら飲んでも苦しくはなかった。それどころではない。たびかさなるにつれ、甘美な味に魅力を感じ、完全に酒のとりこになってしまった。

いよいよ、運命の瞬間を語るときがきたらしい。いまでもその場面を脳裏に鮮明に描くことができる。小学生の四年、冷気が身に迫る初冬の宵であった。なにかの用で、法話の最中に台所へ。板の間には、燗酒《かんざけ》の徳利《とくり》が並べられていた。その場にはだれもいない。私は目を輝かせて一本を手にし、黄金色に輝く液体を湯飲み茶碗に注ぎ、一気に飲みほす。続けて、もう一杯。その瞬間だった、背後から「ばか者」と大雷。宙に舞いながら振り向くと、叔父が仁王立ち。至福の愉悦《ゆえつ》から、恐怖の奈落の底へ、涙とともに落下した。平身低頭。頭を冷えた床板に押しつけつつ、私は断酒を約束した。はっきり誓約した。

酒で失敗した私は、一念発起。以来、アルコール類を一切口にしなかった。事情を知らない店の人たち。突然の激変ぶりに、ただ目を丸くするばかり。青春時代を迎え、晴れて飲酒の許される境遇となったが、酒への欲求は戻らなかった。好酒のエンド・マークは、まさに本物だったのである。

学会の仲間と談笑する、朱夏《しゅか》の宴席でも、妻としみじみ世間話に興ずる、白秋《はくしゅう》の食卓でも、自分からグラスを取ることは、ない。まったく、ない。玄冬《げんとう》の暮景のなかで、これでよかったのか、と私はしきりにおもう、生涯でなにか大損をしたのでは、と。つまり、とまたおもう、幼き日のあの美酒は、本当は飛び切りにがい酒ではなかったか、と。

（『あじくりげ』五九〇号、二〇〇六年一月）

キツネのサンマ

年齢を加えるごとに、忘れっぽくなる。口惜しいけれど、昨日の体験でさえおもい出せないときが、しばしば。だが一方、遠い過去の断片的な記憶ながらも風化せず、頭のどこかで素描され、心の居場所を飾ることも。やさしかった母方の叔父が、幼い日に語ってくれた、キツネのサンマの一齣も、私の原風景を今に残し、想像力をかきたてる、大切な、お気に入りのデッサンの一点である。

母の実家は地下鉄新栄町駅とは指呼《しこ》の間《かん》、通称飯田街道ぞいで、海産物商を営んでいた。四季折折の生鮮食料品を産地で直接仕入れ、これを内陸部の岐阜県東濃地方や長野県木曽、伊那一帯に売りさばく。とりわけ伊那谷の中心飯田（現・長野県飯田市）向けが多く、物流関係は密接であった。

大正の末、母は都心部、現錦三丁目の伸銅品を商う店に嫁いだ。俗にいう「いさば屋」と金物屋。この組み合わせは、娘時代、「蝶よ花よ」と育てられた新妻の食生活に、大きな影響をあたえずにはおかなかった。たとえば、である。生家では商売柄、カツオや煮干しで味噌汁のダシをとる。が、婚家では、しない。旬《しゅん》の食品を当然のように口にする暮らしは一変、市場にある程度ゆき渡り、値段が下がるのを待つ生活に。母方の祖父は口ぐせのように、「食物は新鮮で良質の品を」。万一、食中毒になれば腹痛に苦しむし、医者代も高いし、と。しかし、祖父の日常は質素一辺倒。物を買う際は執拗《しつよう》に、徹底的に値切る。売り手の困惑した表情に、私はつい同情する（Ⅳ参照）。

前おきが長くなったが、筆はようやくタイトルのサンマを話題に。秋は店全体がもっとも活気にみち、熱気にあふれる季節。叔父は未明、大叔父の運転するトラックで、知多半島の先端豊浜漁港（現・愛知県知多郡南知多町）へ、水揚げされたばかりのサンマの買い付けに急ぐ。帰店後、昼食もそこそこに、土間に置かれた広い台にサンマを盛り上げ、家族店員総出で、箱詰めに追われた。なにしろ貴重品。数え違いのないよう、「ひいャ、ふうャ、みいャ」と大声をかけあい、一尾ずつ拾う。規定の数に達すると、砕いた氷をぎっしり敷き、塩をタップリ振りかけて出来上がり。同じ作業を繰り返し、箱が山と積み上げられるころには、夕闇が迫り、裸電球が煌煌《こうこう》とまぶしい。

祖母が隣近所にくばった、初物を焼く香ばしいにおいが、周囲にただようなか、腹ごしらえを終えた叔父たちは、出発。海のない土地の人びとに一刻もはやく、秋の味覚を、同業者より先に着き、高く売ろう。商魂は奮い立ち、闘志は燃える。

ところで、飯田へは今日では中央道を利用し、約二時間。だが、当時は飯田街道、正式には国道一五三号線が唯一の交通路。道幅は狭いし、つづら折りの難路が続く。平針《ひらばり》（現・天白区）、伊保《いぼ》（現・豊田市）から足助《あすけ》（現・豊田市）の古い町並みを抜け、明川《あすがわ》（現・豊田市）の集落をこえると、最大難所の伊勢神《いせがみ》峠は目前。叔父の真剣な語り口によると、峠のトンネルに差しかかるあたりで、たえがたい睡魔に襲われるという。無理もない。早暁からの心身の酷使。叔父たちは事故を防ぐため、車体を路肩に寄せ、運転席でしばし仮眠。どれ程時間がたったのか。しのび寄る山の冷気に身震いしながら、ハンドルを握り直す。稲武《いなぶ》（現・豊田市）から県境をまたぎ根羽《ねば》（現・長野県下伊那郡根羽村）、そして目指す飯田の魚問屋に安着。もう東の空は、白い。

叔父は休む間もなく、サンマの箱を引き渡そう、と荷台に飛び乗った瞬間、息を呑んだ。最上段の箱のサンマがすくない。たしかに、数が足りない。「さては」と、怒り心頭に発して、「そうだ、そうだ、やられた。あの異常な眠気は、キツネの仕業」。地団駄踏むが、あとの祭り。

キツネが人を化かすなんて。早熟で生意気な甥《おい》は七〇年間信じなかった。信じようとはしなかった。しかし、叔父の年をはるかにこえた今、心境が微妙に変化していることに気付いた。そして、苦笑した。株式の誤発注や地位を悪用してのインサイダー取引等。金をめぐる不祥事はあとを絶たない今日。だから、たとえキツネの術中に陥ったとしても、いいではないか。キツネの方では、懸命に催眠術を会得し、額に汗して、いや汗はかかずに、愚直に働く。「あのサンマは、もうキツネのサンマにしてやったら」。吸いこまれるような紺碧《こんぺき》の天空をあおぎ、一筋縄ではいかないキツネに味方して、叔父に心でそっとつぶやく、老境の私であった。

（『あじくりげ』五九七号、二〇〇六年一〇月）

もてなしの美学

一九二七年、昭和二年八月一八日、名古屋の都心、現中区錦三丁目の商家杉浦家の妻壽々子《すずこ》と、同じく林家の嫁壽ゞ子《すずこ》がそれぞれ長男を出産。英一《えいいち》、董一と命名された。最初から雑談で恐縮だが、法華信者の英一母の実家では、一八日が日蓮宗の守護神であり、安産育児の願いをかなえる鬼子母神《きしもじん》の縁日にあたる、とたいそうよろこんだとか。このふたりが、将来二度にわたって運命の出会いを体験し、同じ時代に、一つの空の下に生きようとは、当時、無論、だれも夢想だにしなかった。

最初の際会は昭和一五年（一九四〇）、中学入学のとき。級友として、机を並べて学ぶ。やがて戦争の暗い谷間。切断されたかにみえた宿命の糸は二九年（一九五四）秋、縁があって董一が平凡な見合いの末、英一の妹と婚約することにより、ふたたび結ばれる、ともに研究の道を歩む両人が、兄弟として。ところが、英一はまもなく城山三郎のペンネームで、文壇に華麗な転身を。そして、ことし（平成一九年）の彼岸、三月二二日に長逝。よき友、よき兄を失った董一は、空虚と寂寥《せきりょう》に茫然《ぼうぜん》と立ちすくんだ。悲涙が心のひだを滂沱《ぼうだ》として滴り落ちた。

世は兄を経済小説のあらたな地平を開く先駆者、護憲の論客と目し、正義感あふれる熱血の士、気骨ある作家と評する。私はそれに異論を差しはさむつもりは毛頭、ない。しかしながら、思い出を紡ぐと、和顔愛語、気配りのよくきく端正な語り、物静かな性格の持ち主、との印象のほうが、はるかに、はるかに濃い。強い。その原点は両親。特に母の遺伝子によるところが、極めて大きい。五人の子どもを手塩にかけ、夫の店務を支えつつ、大勢の店員の面倒もみる。白い割烹着をまとい、一日中身を粉にして働く（「あとがきに代えて」参照）。短歌が好きで、作品を家計簿の余白にメモする、文才も。たとえば、私の妻が嫁ぐ際の、「嫁ぎゆく　娘《こ》の晴姿調度品　亡父母今ぞ　心満つらむ」。良妻賢母を絵に描いたような、女性像が浮かびあがる。

私は初夏に向けての半年の婚約期間に、未来の妻を時折デートに誘った。帰途、彼女を自宅へ送ろう、とバスを降りた途端、目を丸くした。バス停に、親愛と安堵《あんど》の交錯した、母の笑顔が。母子の間に纏綿《てんめん》するあたたかい情味を、子を気づかう、親の「夜の鶴」らしい温情を私は感じ取った。出迎えは初回だけに終わらなかった。

粉雪の舞う寒天のほのかな残照のなかにも、早春の清らかな夕景のなかにも、母はいた。じっと待っていた。愛娘《まなむすめ》を受け取ると、ケーキや寿司などの箱を手渡し、みやげに家へ持参してほしい、と頼む。私は恐縮した。度重なるにつれ、精神的な重荷へ、とかわっていった。

白状すると、私は婚約者の宅に、一度も足を踏みいれたことがない。義父となる人との初対面も、結婚式場で。箱入り娘の安全確実な身柄引受人がいるので、届ける必要がない。なによりも、訪問すれば、歓待の限りをつくされることが、目にみえてわかるからである。だがしかし、私のわがままの通用しない日が、ついにやってきた。新婚旅行から帰った翌日の夕刻、「新客」として招待されることとなった。

極度の緊張に身震いしながら、新米の婿どの、参上。通されたはじめての座敷には、ウナギの香ばしいにおいがただよっていた。妻は耳もとで、「これ、いば昇の特製」とささやく。

すこし、雑談を。正直いって、私はウナギがきらいではないが、大好物でもない。その主因はわが家の白竜伝説にもとづく。私の祖父は明治の中頃に金物屋を開業。律儀な商法で、顧客の信頼をえた。大正になって、店舗兼住宅を新築。工事中、大工が白へビを殺したという。完工後、祖父とその子女が相次いで死去。一年に三度も葬式を出したとか。たたりだ、とおそれた祖母は家に白竜を祀《まつ》った。私の体内には、長い生き物にたいする畏怖の念が、先天的に植えつけられていた。しみこんでいた。であるから、妻がスーパーで買ったウナギの蒲焼きなど、おそるおそる食べる。丼に熱いご飯をよそい、タレとともに二口、三口。続いて、ウナギの黒く焦げた尻尾をえらんで三切れ程、山椒をたっぷりかけて口に。しかし、ここに出されたウナギは全然違う。焼き加減といい、タレのまろやかさといい、絶品。表情がしだいにゆるみ、家族との会話もはずむ。一座のぬくもりに私は実感した、ようやく杉浦家の一員になれたのだ、と。

兄は生きている。なぜなら、過去から呼び戻した達者なころの父母や若き日の妻の、心をこめたもてなしにくつろぐ、一家団欒の美しいなごやかな情景が、私の眼前に、今なお鮮明な画像となって浮かびあがるからである。

（『あじくりげ』六〇六号、二〇〇七年九月）

あんパンの詩《うた》

性格の違う人間どうしでも、一つや二つ、ふしぎに似かよった行動パターンをもつもの。これは妻の姉の夫、つまり相婿《あいむこ》たる義兄との、ごくふつうに出くわすような交流の一話である。

私には、二人の義兄がいた。「もてなしの美学」に登場する城山三郎。もう一人がこの雑文の主人公、伊藤芳雄。その義兄芳雄は高名な学者一家の、三人兄弟の末っ子に生まれた、心豊かな、親しみやすい人柄。私は「屈託なく生きる」義兄を尊敬し、たよりにした。羨望《せんぼう》の眼でみていた。たとえば、たがいの妻の実家での行動パターン。義兄はわが家のように、どんと構えて、もてなしを素直に受け入れた。座敷で横になり、テレビの番組をみてたのしむ。ところが、私。結婚後も、「実家敬遠症候群」が完治されない。たまに顔をみせても、義父母との語らいに緊張の表情。義父はそんな私にあきれた様子。「同じ婿でも、どうしてこんなに差があるのか」。極めつきは、義母の葬儀の一場面。義母は婚後一年もたたない、昭和三一年（一九五六）二月一五日、静脈注射によりショック死。故意でそうしたわけではないが、私は大切な告別式に遅刻した。妻は遅参した私に血相をかえて、手を強く引っ張った。春陽をおもわせる、あたたかな慈愛を注いでくれた、義母。私は遅参を心の底から詫びた。毎月の命日に、名古屋城二の丸の、名古屋大学法学部研究室から、上小田井《かみおたい》（現・西区）の寺まで、自転車に乗り、墓参を怠らなかった。一年程続けたであろうか。

義兄は日本を代表する商社に勤めていた。くず鉄の熾烈な商戦に勝ち抜くため、世界を股にかけ、地球を飛びまわった。たいする、私。ありていにいえば、研究者でありながら、外国留学の経験をもたない。妻と連れ立っての海外旅行など、夢のまた夢。八〇歳になる今日まで、飛行機に搭乗したことがまったく、ない。事故への恐怖感がはげしく、地面に足をつけていないと、不安だからである。

私は男二人の商家の長男で、将来は三代目主人に、と期待され、家業金物屋の、創業よりむずかしい継承と発展という、重い宿命を負わされた。明治初期に小学校の教壇に立った程の祖母は、少年の私に毎日習字と読経を課し、日常生活の質素倹約を説いて、自身も厳行した。つねづね、「人様に迷惑をかけるな」、「律儀第一、世間から信用を」と訓育された。祖父の死後、後家の身で店務を必死に支えた、祖母。その影響ははかりしれない。

さて、である。義兄と私とでは、多くの相違点がみられるが、一つ共通の行動様式があるからおもしろい、ふしぎである。両人とも、大の甘党。義兄は出世の階段をのぼり詰めて、定年退職。時間的余裕が生じると、スーパーなどで買い物を楽しんだ。帰宅すると、菓子や菓子パンでふくらんだ袋を、両手に。それは、私もかわらない。レジの前の菓子パンが眼に入ると、足をとめる。菓子パンといっても、クリームパンでもなければ、ジャムパンでもない、お目当ては、小倉粒あん。いろいろ食べくらべたが、名古屋の古い製パン会社の、袋入り、円形のものが一番のお気に入り。この手は一般受けするらしく、夕刻には売り切れる日も多い。運良く入手でき、妻や娘の冷たい視線を気にせずに、仕事場でひとり食べる嬉しさ。まさに至福のときといっていい。かねがね主治医から、糖尿病には注意、甘味は極力制限を、と懇切に指示されているのも忘れて、妖《あや》しい魅惑の虜《とりこ》となってしまう。

「和」と「洋」との絶妙なドッキング。時空を超越し偉大なる考案者に敬意を表し、胸の高鳴るのを覚えつつ、袋を開ける、黒ゴマを散りばめた、褐色に光るまるい姿態が、目に飛び込む。まるぽちゃで豊艶《ほうえん》な素顔は、白状すると、私の好きな女性のタイプ。すこし指でつまめば、幼子のきめ細やかな、やさしい肌。一口頬張った瞬間、口中に甘美な頬っぺた落ちの味が。あとは夢中でぱくつくだけである。

ある新聞記事によれば、とくに夏にはあんパンとビールが最高の組み合わせらしいが、それ等をふくめて、私は義兄からあんパンへの深いおもいを、賞味の詩《うた》を聞きたかった。だが、それは邯鄲《かんたん》の枕と化した。義兄二人に去られ、孤影悄然《こえいしょうぜん》たる凶年も、暮れが近い。冬はかならず春に。一陽來復《いちようらいふく》、春の到来を、首を長くして待ちこがれる。

（『あじくりげ』六〇九号、二〇〇七年一二月）

そして、水あめ。

「二度あることは三度ある」。昨今は幸、不幸を問わないようだが、元来は失敗や不運な出来事に使い、二回続けばもう一回おきるので、用心が肝要との教訓。じつは去年（二〇〇七年）、この格言を地でゆく、にがい体験をした。私事にわたることをお許しいただきたい。私の妻は名古屋の商家生まれ。はしかで幼時死去した女児を除き、四人の兄弟、夫婦ともで八人。兄は、杉浦英一、筆名城山三郎で、遺稿『そうか、もう君はいないのか』に登場する容子と結婚、次が伊藤貞子と夫芳雄。そして、妻と私。末に秀雄、節子の夫妻。この兄弟は極めて仲睦《なかむつ》まじく、私は羨望にちょっぴり嫉妬をまじえて、「だんご三兄弟」の顰《ひそみ》にならい、「杉浦四兄弟」と呼びならわした。ところが、一月芳雄が、三月に相思相愛の伴侶を追って、英一が他界。悲涙の乾かぬ一〇月、古希を迎えたばかりの秀雄までが、逝く。私は愕然《がくぜん》とし、震撼《しんかん》し、絶望感にあえいだ。この雑文は義弟に贈る、つたなくささやかなレクイエムである。

秀雄は人情味あふれる、人懐っこい笑顔の交際家、孫たちにも惜しみなく慈愛を注ぐ。「成績は兄以上」が口癖だが、跡取りが文壇に転じたため、父の強い意向にしたがって、高校卒業後すぐ店務についた。もし、大学進学の初志を貫徹していたら、作家城山は誕生しなかったかも。しかし、彼は凜《りん》とした兄の創作活動を側面から支えた。兄の没後開かれた出版社合同主催のお別れ会には、若い甥姪《おいめい》に寄り添い、来客の応接に飛び回った。姉の貞子には早く失った母の面影を見出し、精一杯甘えた。ふたりの歯に衣《きぬ》着せぬ応酬は、漫才のようで、皆、腹をかかえて笑い転げた。

だが、だがである。「傍目八目《おかめはちもく》」までの自信はないが、一傍観者の立場で遠慮なく発言させてもらえば、一番気心の通じたのは、「小さい姉ちゃん」こと、妻ではなかったか。年齢的に、妻に近い。軍務、続いて東京遊学の兄や、戦時の勤労動員から戻り、まもなく嫁した姉と違い、長く起居をともにし、悲喜を分かち合った間柄。同じ食育を受けて成長しただけあって、食べ物の好みもそっくり。もち米を混ぜた御飯、うるち米を加えた強《こわ》もち。元旦の雑煮を敬遠し、前日の残飯に汁をかけてすますのも似ている。おかずの定番の一つに、焼いて醤油をつけた油揚げが。天ぷら、フライ、鍋物も。果物ではみかん、柿、バナナなど。そして、水あめ。物資欠乏のころ、と往事《おうじ》をなつかしむ眼で、妻は語り出す。父は喘息《ぜんそく》もちの弟のために、一斗（約一八リットル）缶に入れた、水あめを買ってきた。絶えて久しい甘味に、姉弟は歓声をあげ、夢中でなめ始めた。打ち明けると、私も水あめに郷愁を覚える。幼時、梅雨寒の季節が訪れると、よく風邪をひき、のどを痛めた（Ⅳ参照）。声もかすれた。母は高熱でもない限り、うどん屋に、好物の「あんかけ」を注文。当時、どこの店にも紙袋入りの風邪薬が常備され、丼と一緒に出前してくれた。フウフウ、息を吹きながら、ツルツルと口に運び、服薬して床につくと、たちまち発汗。心なしか熱も下がる。咽喉《のど》の炎症には、生薬《しょうやく》処方、水あめ製剤の「浅田飴」の厄介になったが、その代用としての水あめの方が断然、よい。琥珀《こはく》色に妖《あや》しく光る粘液を、木箸にクルクル巻きつけ、口中に。しっとりした舌ざわり、なめらかな食感、品のよい甘さ。痛みが和らぎ、声の通りも幾分楽。現代風の表現を借りると、まさに「医食同源」か。ジャガイモ、トウモロコシの澱粉《でんぷん》に麦芽を加えて、あるいは酵素分解を利用してつくるらしい。とにかく、砂糖を知る以前から、甘党に愛好されたという。顔を寄せて、無心に舌を動かす健康な赤い頬っぺと、すらりとした「背高王子」。満足げに目を細める両親。渺茫《びょうぼう》たる往事のなかの「子供の情景」を、脳裏のカンバスに描写された想像画は、心の居間を美しく飾り、感動をかもし出す。

鎮魂の曲など、もうたくさん。私が真に望むのは、弟がこよなく愛した妻節子や、家族の傷心をやさしくいやし、生きる勇気と活力を徐徐に取り戻す、アダージョで奏でる応援歌、そう、応援歌らしくない応援歌である。

（『あじくりげ』六一三号、二〇〇八年五月）

おでん正月

わが家には二十年近く、「おでんの会」と呼ぶ正月行事があった。一月四日の昼どき、ゼミ所属の大学院学生、通称院生に、いまは大学の教員や公務員、税理士として活躍する、九割方女性の修了者をまじえて、師弟そろっておでんの鍋をかこむ。それは一月末の提出期限におくれないよう、年始の休みを活用した、修士論文の指導と関係が深い。新年そうそう、鬼面《きめん》仏心《ぶっしん》に徹する私に、一時間も苛烈な質問攻めにあう、親子程の年格好の彼等に同情した妻が、せめてささやかな慰労会でも、と発案した。そして、実行した。

もっとも、学生への接待は、近年だけのことではない。話は新米で、新婚の教師の私がこわごわ教壇に立った、半世紀前にさかのぼる。当時、自宅は大学学舎から目と鼻の間。学生がしょっちゅう押しかけてきた。成人式を終えたばかりの妻は、同年配の気安さも手つだい歓迎した。夫に先立たれた折には、総菜屋を開業したい、ともらすくらいの料理好き。「もてなしの美学」で紹介した、もてなしの精神旺盛な母親の血を引く。たまたま、実兄の城山三郎が文壇にデビューし、売り出し中の時期に、妻は友人から気遣いの語調で、「お兄さんはお幸せ。人気作家になられて」。ところが、本人は首を横に振り、「いえいえ」と力をこめる。「羨《うらや》ましいとはおもいません。うちには教え子という、財産がありますから」。彼女の言葉はいつわりではなかった。負け惜しみでもなかった。学生を財宝のように大切にした。かわいがった。こまめに茶菓を運ぶ。昼食時間にかかれば、食事を振る舞う。ひとりひとりに好物をたずね、メモをとった。男子学生が大半を占める時代。なかには「女性」とのふざけた回答もまじるが、一番はカレーライス。家事の合間に、調理にはげむ。

星霜をへて、カレーはおでんに姿をかえる。余談を差しはさむ。先日の経済新聞の記事によれば、最近鍋料理をふやす家庭が目立つとか。理由は「安上がり」。食べたいメニューの一位は、「すき焼き」。次は、「おでん」。

以下、「寄せ鍋」、「しゃぶしゃぶ」、「キムチ鍋」。妻がおでんを選んだ気持ちがわかるよう。

巷に木枯らしが吹きすさぶ日、材料の仕入れに店店をのぞく。すじ肉、コンニャク、竹輪、ハンペン、大根、里芋、コンブ。並行して、お節料理の支度も。いささか古い商家なので、定番の品目が祖母から母へ、母から妻へ、と口伝。十種類程で、すべて手づくり（V参照）。おかげで、せまい台所は熱気にあふれ、戦場の様相を呈する。鍋という鍋は動員される。おでんのほうは冬至すぎ、すじ肉を煮はじめ、カツオ、コンブとともにダシ汁に。頃合いを見計らい、具を入れてコトコト煮こむ。これにゆで玉子を足して完成となる。

いよいよ、本番当日。十五人前後の客人が顔をそろえる。十畳の洋間を開放、座布団を並べて、中央のテーブルに重い鍋を二つ置く。二組にわかれ、各自の好みに応じて小皿に取り、ねりミソとカラシをつけて食べる。味が十分滲透《しんとう》し、とろけるような舌ざわり。優雅な食感、豊潤な滋味。お代わりの手が四方から伸びる。「地位は人をつくる」。各人の日常業務の苦労話にはじまり、歳末ジャンボ宝くじやら、競馬の有馬記念やら、談論風発。屈託のない世間話の花が咲く。先刻の峻厳たる心象が消えうせ、私は好好爺然《こうこうやぜん》として、もっぱら聞き役に回る。

ところが、数年来、新玉《あらたま》の春というのに、若さのはじける会話も、陽気な笑声も、まったくない。家中が悠悠閑閑、寂寞《せきばく》とした空気につつまれる。そう、現職を退いた私には、論文に難癖《なんくせ》をつける相手を欠き、おでんの会が開けないのである。おでん正月は渺茫《びょうぼう》たる往事の彼方に埋没してしまった。でも、でもである。これでよいのでは、と自身に問いかける。生老病死の憂患《うげん》は、火宅の人の宿命。いまや老いの影の濃い私どもに、年の瀬の怱忙《そうぼう》や労働に耐えうる、気力と体力が残されているか、どうか。一片《ひとひら》の浮き雲もなく、清澄静謐《せいちょうせいひつ》に晴れ渡る初春の天空と、葉を散らした痩身《そうしん》に寒風を受け、小刻みに揺動する冬木に、虚無の諦観《ていかん》の映像を鮮明にみた私は感傷にひたりつつ、二度、三度深くうなずくのであった。

（『あじくりげ』六二〇号、二〇〇九年一月）

愛妻弁当一万食

四万人をこえた百歳以上の方がたからみれば、八十そこそこの私など、まだまだ若輩。それでも今なお元気に、仕事がこなせるのは、一つには四十数年の現役教員時代に食べた、愛妻手弁当のおかげ、とおもう。心からそう信じている。

就職した当初、勤務先の大学は、自宅から歩いて数分。だから、お昼には帰宅して、新妻と食卓をともにした。ところが、職場が名古屋東部丘陵の日進市に移転し、それができなくなった。教職員の大半は、学内食堂を利用。私もそうで、注文が好物のチャーシューメンライスとか、カレーライスとかばかり。妻は栄養が片寄るのを心配し、余程の事情のない限り、弁当づくりに知恵を絞った。汗をかいた。夫にもたせた弁当の献立を、手帳へのメモするのも忘れなかった。

教員の仕事の仕方には、二つのスタイルがある。研究室を活用するタイプと、自家に持ち込む型と。私は徹底した前者。家庭に自分の勉強机がないことでも、容易に理解していただけよう。雨にもめげず風にも負けず、日曜も祝日も。正月は二日に初出勤、大晦日も午前中は在室。妻の兄の作家城山三郎はあきれ顔で、私の日常に、「月月火水木金金」の軍歌の歌詞を彷彿《ほうふつ》させる、と軽妙に、的確に表現した。とにかく病気、学会、調査で留守にするのは、年に二十日程。こうした生活パターンが三〇年続いた。とすれば、ゆうに一万食はこさえたことになる。

食材の種類、見栄え、栄養のバランス、カロリー。彼女の苦心は、食品学に無知で無骨者の私にも、痛いように胸にひびく。質素な商家に育ったため、食文化は極めて貧弱。好物といえばこんがり焼いて、醤油を塗った油揚げ、削り器で削り、のりと醤油をまぶしたカツオ、塩鮭、玉子焼き、お節料理の棒鱈《ぼうだら》、筑前煮、伊達《だて》巻き。前夜のすき焼きの残りや肉じゃがを発見すると、たちまち口中が潤い、食い気がはる。野菜ならレタス、ミニトマトを好む一方、オクラやブロッコリーは苦手。五目飯を含めて、御飯には塩と酸っぱ味の塩梅《あんばい》のきいた、自家製の梅干しが一個、浅く埋めてある。

恥を承知で、白状しよう。私には「先憂後楽型食事法」と自称する、奇妙な癖が。まず副菜に箸をつけ、お気に入りの食品はあとに回す。たとえば刺身。つまから食べる。すき焼きでは最初にねぎ、白滝、焼き豆腐を。弁当でも、この順番はかわらない。梅干しを掘り出し、酸味を舌に残したまま、オクラに移る。

ところで、休日の昼食ぐらい、ありがたいものはない。穏やかな、ゆっくりした時間空間を利用しつつ、味覚を存分に堪能できるからである。これが平日、とりわけ講義の組まれている曜日ともなれば、様相は一変。あわただしい戦場と化する。昼休みは五〇分。研究室と教室との往復には、案外時間がかかる。それればかりではない。同僚が会議の打ち合わせに、学生が勉学や就職の相談に。研究室の電話のベルも頻繁に鳴る。休憩時間がたちまち尽きてしまう。私はお目当てのおかずに未練を残しつつ、しぶしぶ席を立つ。完食し、弁当箱を水で洗うころ、窓外には夕焼け雲が真っ赤に燃えている。あまりの気忙《きぜわ》しさに辟易《へきえき》した、ある教授。厚目のクッキー三枚とお茶ですますことが多い、と苦笑い。

つい先日の経済新聞。「収入減、どうする家計」との挑発的な見出しで、大阪の男性会社員の嘆き節を紹介していた。不況風にあおられた奥さんが、お手製の弁当を、一回一五〇円の有料とし、そのため毎月の小遣いが三〇〇〇円ダウンした、と。聖域なき節約作戦もここまでとは、私は暗然として、深い吐息をもらす。奥さんの流儀でいけば、当方は大枚一五〇万の負債をかかえたことになる。さいわい、妻はただの一度も支払いを請求したことが、ない。素振りもみせない。いや、何物にも代えがたい、健康と長寿までプレゼントしてくれた。城山は熱愛の末結ばれた愛妻に、「天から舞い降りた妖精《ようせい》」の映像を重ね合わせた。御園座観劇の見合いの場で、双方の母親が一目惚《ひとめぼ》れし、熱心に縁談を進めた私たち。わが家の山の神には、「親から舞い込んだ福の神」が、よく似合う。ただ感謝、感謝、である。

（『あじくりげ』六二八号、二〇〇九年一一月）

「お精霊さま」へのメニュー

のっけから私事を持ちだすことを、お許しいただきたい。平成二二年（二〇一〇）二月二六日、寒《かん》もどる鉛色の朝、糟糠《そうこう》の妻が七十五年の生涯をひそと閉じた。平穏な日常と不測の悲嘆。伴侶《はんりょ》をなくした多くの夫と同様、私は慟哭《どうこく》し、茫然《ぼうぜん》自失《じしつ》してしまった。

さいわい二女と同居し、隣には長男夫婦が住まうので、日日の暮らしにはそう不自由しない。難題は非日常的行事。差しあたり、七月一三日から一五日にかけてのいわゆる新盆、盂蘭盆会《うらぼんえ》に、先祖の霊魂、「お精霊《しょうりょう》さま」に供える精進料理の献立。すべて妻まかせだったため、見当がつかない。「メモしておけばよかった」、「せめてお供えの写真でもあれば」。後悔しきりだが、もうおそい。檀《だん》那寺《なでら》に、ことしの棚経《たなぎょう》は一ヵ月おくれの八月に、と泣きつく始末。時間稼ぎしたとて、眉間《みけん》のしわが消えるわけでもないのに。ただ、じつは苦境を脱する手だてが、一つ残されている。妻は几帳面《きちょうめん》な性格で、毎日の食材を記帳するのが習慣。遺品のなかから手帳を探しだし、当該個所を検索すれば解決する。しかし。

六月はじめが百ヵ日で、「卒哭忌《そっこうき》」にあたる。字義どおりならば、哭《な》くのを卒《お》えてもいい時期。だが、「喪家《そうか》の狗《いぬ》」と化した心境は、それとは程遠い。たとえば朝の読経。娘は松柏園《しょうはくえん》（升半茶店）の抹茶をたてて、遺影の前に供える。「きょうのは一ランク上。おいしいよ」。両眼に宿した哀しみの光は、たちまち落涙滂沱《ぼうだ》、あとはもう声にならない。「生者必滅《しょうじゃひつめつ》、会者定離《えしゃじょうり》」。峻厳《しゅんげん》酷薄な火宅の掟《おきて》は、凡夫《ぼんふ》の総身を焦がし、思わず熱を帯びた目頭を押さえる。孤独感、不安感は懦夫《だふ》の心奥にみちあふれ、不覚にも頬をつめたく濡らす。

妻を恋いしたう煩悩《ぼんのう》を断ち切るため、自分流儀の「喪の消化作業」を工夫した。実践した。彼女の残り香のする衣服や遺愛の品は、すべて一室に片づけた。思い出の場所へは、足を向けないようにした。原稿執筆、書籍の編集や監修、講演等、年甲斐《としがい》もなく仕事に熱中した。ただし、これらはうつ状態の対症療法にとどまる。本格的治療には、「時間」という妙薬の服用が欠かせない、しかも長期に。ものの本によればせめて三回忌、正味二年は必要らしい。先日の新聞記事。ある主婦が亡夫の遺した日記を読めるまで立ち直るのに、一三年の長い歳月を費やしたとか。とすれば、当方はまだ序の口。妻のレシピ点検などとても、とても。私の心境を見透かすかのように、娘。「覚えている範囲で、簡略にしようね」と、屈託がない。

ところが、ところが、である。突如思いも寄らない出来事がおきた。絶望の先にさす希望の光が。久しく怠ってきた、「おみがき」と呼ぶ、仏壇仏具の掃除を始めた。須弥壇《しゅみだん》の下の内《うち》引きだしを開けて、書類の束を何気なく手にとった途端、ハラリと一枚の紙片。見慣れた筆跡、キュウリを「胡瓜」、ナスを「茄子」と表記する妻の書き癖で、供物のメニューが走り書き。一瞬息を呑み、目を疑った。「一九九一、七」とあるから、もう二〇年近く前の盆に、ひそかに用意したものらしい。

十三日　晩　胡瓜　団子　米
十四日　朝　かいわれの味噌汁　里芋　茄子　しいたけ　千石　あげ
　　　　昼　おはぎ　　おやつ　枝豆

晩　水

十五日　朝　冬瓜《とうがん》くず煮　十六ささげ　茄子の味噌汁

昼　そうめん　しいたけ入りつけ汁

晩　団子　胡瓜　水

出だち　生米　生味噌に生茄子

脳裏の残像をこえて、現実の品数は豊富で、手がこむ。シイタケのダシはまろやかで、上品。片栗粉のトロ味がしみた、トウガンの妙味。天空の妻が俗界の周章狼狽《しゅうしょうろうばい》ぶりや、もてなしの心を忘れた手抜きの相談に我慢できず、助け船を出してくれたのか。私は静かに瞑目《めいもく》し、合掌する。ことしは本人自身がナスやキュウリの馬に乗り、苧殻《おがら》の杖を手に、門火《かどび》に迎えられながら、久しぶりのわが家へ帰ってくる。新米の主夫やにわか仕立ての主婦の、汗の結晶を試食して、どのような評価をくだすのか。梅雨明けを目前にして、大いに気になるところである。

（『あじくりげ』六三六号、二〇一〇年九月）

キンカンを撒く

わが家の庭は、じつにせまい。しかし、せまいわりにはサツキ、ユキヤナギ、アジサイ、カンナ、キンモクセイ、ハギに寒椿と、四季折折の花に彩られる。実のなる樹木も、これにおとらない。春、二本のサクラが相次いで、真っ赤な宝石のようなサクランボをつける。四季の移ろいとともに、ビワ、柿、ユズ、キンカンと続く。これ等はみな、平成二二年二月の末、間質性肺炎で他界した、妻の好み。近頃は背丈が伸びて、高い枝の果実をとることができない。もっぱら、野鳥集団の食料に供している。もっとも、よくしたもの。地上に散乱したビワの種は、水洗いして焼酎にひたし、のどの痛むとき、患部にスプレーで噴霧。とてもよくきく。という次第で、おもに入浴剤として重宝するユズを除けば、口にするのはキンカンぐらいか。三メートル程の低木だから、収穫しやすい。白い小さな花を散らしたあと、晩秋から冬にかけて、二センチそこそこのまるい金のたま。砂糖漬けにする手もあるらしいが、家族はそのまま賞味する。ちょうどよい歯ごたえ。新鮮で素朴なあまさ。つい三つ、四つと口に放り込む。小文はキンカンにまつわる、妻のささやかな闘病の一節であり、天界におくるつたない挽歌《ばんか》でもある。

一昨年（二〇一〇年）、妻は正月三箇日が過ぎると、あわただしく入院した。私はほとんど毎日、病床を見舞った。はじめは元気で、食欲旺盛《おうせい》。回診の先生も二週間程度で退院できそう、と嬉しいお見立て。だが、二月に入ると、病状が悪化。酸素吸入の管に自由を奪われた彼女は、リードをつけた愛犬みたい、と苦笑いする。「息苦しくないか」、「痛むところは」とたずねるが、「大丈夫」、「心配しないで」と首を振るばかり。弱音を吐き、泣き言をもらすことも、まったくない。筆はやや横道に。

私たち夫婦の日常を熟知する、同僚の某教授。まるで、武芸者どうしの真剣勝負を実見しているみたい、と感想をもらす。私が妻ののど元に抜き身を突きつける、ふつうの女性ならタジタジするのだが、彼女は一歩も退かず、逆に白刃を私の首筋にピタリとあてる、と。妻は心に響くものを感じたらしく、折にふれて口の端に。私は友人の歯に衣着せぬ物いいを、否定する気は露程もない。それは。

ようやく片言《かたこと》をしゃべれるようになった子どもたちに、「パパ」「ママ」ではなく、「お父さん」「お母さん」と、きびしく呼ばせた、妻。だが一方、アサリ、シジミの吸い物をつくるとき、ガス栓をひねる前に、鍋のなかの貝類にむかって、「今度は人間に生まれるのだよ。南無妙法蓮華経」と声をかけ、しずかに合掌する、やさしい一面をもつ妻でもあった。巷間耳《こうかん》にする、名古屋女性評、「したたかな根性を持ち、すこしのことではへこたれない」。名古屋に生まれ、育った妻にも、そうした一面があった。

話、戻す。二月中旬の某日、珍しくさみし気にポツリ。「ゆうべ、お家に帰った夢をみた」。妻の本心を垣間《かいま》みる思いの私。せめて家庭の雰囲気でも、とキンカン数個を持参した。

「おいしい」。頬をゆるめた表情に、絶望の暗闇を貫く、一筋の光明を感じ取った。庭に踏み台を持ち出し、キンカンの成熟した大きな果実を採取した。そして、妻にすすめた。ところが、ところが、まったく口に運ぼうとしない。受けつけない。愛する夫や子を残し旅立つ無念さ。「ごめん」と、蚊の鳴くような弱弱しい調子で、私の手をしっかり握った。悲嘆の情が惻惻《そくそく》と胸にせまり、強くかたく握りかえした。これが半世紀をこえる夫婦の会話の、最後となった。

意気消沈、悄然《しょうぜん》と帰宅した私。母なる木の根元目がけて、キンカンを撒《ま》いた。いや、愛すべき果実には気の毒だが、地面にたたきつけた、と表現したほうが、真実に近い。なぜだ、どうしてか。長い長い生涯の旅路を苦楽をわかちあって歩んだ、伴侶の危急をなぜ救えないのか。生きているだけでいいのに。得体のしれない巨大ななにかが、妻を奪い去ろうとしているではないか。懦夫《だふ》、弱虫、意気地なし。頭に浮かぶ限りの罵詈雑言《ばりぞうごん》を、わが身にぶっつけた。潸然《さんぜん》と涙を流した。焦燥感と無力感と挫折感がせめぎあい、仏壇の前で、よよと泣き崩れた。

渺渺《びょうびょう》たる過去の時空に、大切な人が姿を消し、比翼連理《ひよくれんり》の夢がむなしくなって、まる二年。キンカンの珠玉は、主を失っても時季を忘れず、美しく燃え落ちる春寒の夕日に、にぶい光沢を放つ。なき人のやさしい面影は、色濃くまぶたに焼きつき、私が精神の立ち位置をいまだ決めかね、立ちすくむうちに、三回忌法要の日を迎えようとしている。

（『あじくりげ』六五〇号、二〇一二年一月）

日替わりランチ

起伏に富んだ人生遍歴で、伴侶《はんりょ》との死別ほど悲しく苦しく、心身に深刻強烈なダメージをあたえることは、他にあるまい。三年半前、糟糠《そうこう》の妻を黄泉《よみじ》へ見送った私も、しばらく周章狼狽《しゅうしょうろうばい》の大混乱。何事もできる範囲で、と腹をくくり、いくらか落ちつく。だがしかし、時日の経過とともに、別の苦悩がうまれ、切実さをしだいに増大させる。そう、生をつなぎ、健康を保つための、食の問題に外ならない。

朝は習慣的にパン食が基本。それに納豆とタマゴかけ御飯と、赤だしみそ汁の日も。夕食は同居の娘が勤務先から戻ると、主婦に変身し、台所に立つ。時短《じたん》料理が食卓にのぼるのも、当世風か。難題は昼食。はじめのうちはインスタントラーメンや、レトルトのカレーライスに八宝菜。スーパーやデパ地下をひやかしてにぎり寿司、惣菜弁当など、中食《なかしょく》にも手を出した。ライフスタイル多様化の昨今、一時的にはよかろうが、そう長くは続くものではない。

　新聞によれば、六十代の男性の三九パーセントが、毎週調理力をふるうとか。小中学校時代家庭科を習わず、社会人となってからも、仕事一筋の生活を送った私には、なかなか踏み込めない。同じような境遇の近所のS氏。いま人気の高い、配食サービスを利用しては、と親切にアドバイス。カルチャーセンターでの講義とか、各種会議とかの帰りに、自分への御褒美とばかり、味感の妙を求め、ちょっぴりグルメ気分にふれるため、レストランの客になることも。そんなとき、いつもいつも、電話で配達をことわるのもわずらわしい。

　私が一室を仕事場に使用している、マンションの管理人Hさん。近くの食堂の人気メニュー、「日替わりランチ」がいいのでは、と誘ってくださった。カフェテラスS舎の店名から、しゃれた雰囲気を想像させるが、どうしてどうして。近くの大学の学生食堂、「学食」同然。お似合いの中年御夫婦とお子さんの三人が、うるわしい協働によって受注、調理、配膳、会計を分担。若い客ははずんだ声で、「みそかつ」、「みぞれに大盛り」。年配組は口裏を合わせたかのように、注文は四十年前の創業と同時にはじめた、「日替わりランチ」。区切りのついた弁当箱に、お菜が一品ずつ見栄えよく並ぶ。某月某日のメニューを紹介しよう。マーボー豆腐、メンチカツ、とりのレモン焼き、タマゴ巻き、ゆでたトウモロコシにライス。別の日には、コロッケとソーセージ、キュウリのちくわ詰め、トマト、レタスとニンジンのサラダ、焼き魚のホッケと五目飯。みそ汁とコーヒーがついて、五五〇円。ある調査結果。サラリーマンの昼食代としては、五〇〇円未満が最多、五〇〇円以上七〇〇円未満が、これに次ぐという。とすれば、ここの弁当は常識的な範囲に収まり、嬉しい。一箸《ひとはし》一箸賞味すれば、素朴でまろやか、元気の滴るうす味が口中に広がり、たちまち味感の世界に誘《いざな》う。それればかりではない。私を孤食から救い、まずしい食生活に、うるおいと活力をあたえる源泉となったことは、疑いない。

「日替わり」と口にすると、私には恥ずかしい過去が。前に「愛妻弁当一万食」と題して寄せた雑文（V参照）。四七年におよぶ大学教員現役時代、平日はもとより、日曜祝日も、研究と教育のため研究室に詰めた。そうした私に、妻はせっせと弁当をこさえ続け、かれこれ一万食に。ただ年に数日、なにかの事情で、弁当ができないことも。「きょうは大学の食堂で、お昼をね」。そして、かならず念を押した、「食品成分のバランスのとれた、日替わり定食にしてね」。しかし、である。珍しく訪れた、愛妻弁当休業日。肝心の本人は好物のチャーシューメンとライスの一点張り。主食をおかずに主食を食べるなんて、他県出身の同僚は笑うが、まったく気にしない。

八月一三日、月遅れお盆。日が傾き、黄昏《たそがれ》どきの気配がしのびよるなか、燃えあがる迎え火の焔《ほのお》と煙の向こうに、なつかしのわが家に戻った、愛《いと》しい人の幻影を、私の視線がしっかりととらえた。とらえて放さなかった。「お母さん、お母さん」。絶えて久しく使わなかった呼び名の余韻が、胸をしめつけるように、切なくひろがった。妻恋いのしのび泣きで、頬をぬらしながら、続けた、「日替わり食べているから、安心してね」と。

（『あじくりげ』六六七号、二〇一三年一〇月）

波乱の終章

この稿は季節はずれ（原稿の雑誌掲載は三月）かもしれないが、おせち料理にまつわる、老夫婦の心の摩擦を描く。あれは寒気凛冽《かんきりんれつ》たる、平成二一年（二〇〇九）一二月二九日の真夜中、あとわずかで日付がかわろうとする時刻。私はあたたかなふとんのなかで、カタコトと小さな音を耳にした。隣に臥せているはずの妻がいない。もれてくる灯火をたよりに、台所へ。調理台やら、食卓やら、床《ゆか》の上まで並べられた、おせちの鍋のふたを取り、味見に余念がない。栗きんとん、棒鱈《ぼうだら》とニンジンの煮しめ、レンコン、ゴボウ、鶏肉の同じく、こぶ巻き、ハゼの甘露煮、ダイコン、ニンジンのなます、田作り。途端、頭に血がのぼった。氷のようなピー・タイルに正座し、「それ程料理が大切か。そうなら包丁で私を刺してからに」。真剣だった。半世紀をこえる夫婦の暮らしで、あまり経験したことのない緊張感。妻は悪寒の翳《かげ》の目立つ頬をみせ、冷たい視線を投げかけつつ、床《とこ》に戻っていった。

犬からも敬遠される夫婦げんか。私たちも世間並みにするにはした。しかし、大事《おおごと》に発展することはあまりなかった。そのわけは。

明治二十年代、主家から独立を許されて、金物屋を創業、勤勉実直、手がたい商法で顧客の信用を得た祖父。大正の中ごろ、祖父の急逝で、苦労もせずに若旦那におさまった父。あれは小学二、三年生の中秋の宵。母は父と女性問題で口論、フイと座を立つ。心配した私は家中を探し、奥庭でみつけた。切なそうに口ずさんでいた。「ふけゆく秋の夜、旅の空の」。そして、「女の人を泣かせないで。大事にするのよ」。皓皓《こうこう》たる月影に、両眼がキラリと光った。月白く風清き、遠い遠い昔の子どもの光景は胸底深く投影され、映像は成人し、結婚したのちも歳月をこえてよみがえり、鮮明さを加えていく。今おもえば、清澄な月下の母の教えは、夫婦間のトラブルを沈静化させる、いわばセーフティネットの役割をはたしたのであった。

話、返す。打ちあけると、妻は一二月下旬に入って、高熱になやまされていた。年末年始の医療機関の長い休診を考慮すると、気が気ではない。できれば代わってやりたい。「白髪三千丈」とまではとてもとてもいかないが、連れあいのこの沈痛深刻な憂慮も知らないで、とついつい暴言を吐いた。しかし、冷静さを取り戻すと、彼女の心象風景がおぼろ気ながらみえてきた。わが家には祖母から伝承された、おせちの工程表があり、ほとんどが一からつくる。最初は一二月中旬の食材調達。食品によっては、栄の専門店まで出向くときも。次に調理。鍋という鍋を総動員して、ゆっくり煮込む。仕上がると、妻が出来具合を確かめる。続いて大晦日。既製品の紅白かまぼこ、伊達《だて》巻き、数の子とあわせ、三段の重箱に詰める。最後に正月三箇日すぎ、残った惣菜を小鉢に移しかえ、重箱を仕まう。そう、彼女が病軀《びょうく》をおして料理の味検分を強行したのは、作業の大幅な遅延を気づかった焦燥感であった。新年一月四日、医師によって肺炎と診断され、緊急入院。ふたたび台所に立つことはなかった。懸命に生きようとしたふたりに襲った強烈な波乱が、その生活の終章ともなった、とは運命の皮肉としかいいようがない。

妻が逝って、四度目の正月。娘と囲む祝膳《しゅくぜん》も、ときの移ろいとは無関係でない。勤務に怱忙《そうぼう》の日日を送る彼女は、デパートで人気の京料理重詰めを求める。正月料理をふくめ、ユネスコの無形文化遺産に登録の「和食」。彩りあざやかで、上品な滋味が舌にやさしい佳肴《かこう》は、「日本の伝統的文化」の象徴と呼ぶにふさわしい。だが、である。海山の幸を、どこの家庭にもいる家事の巧者が、手間ひまかけてこさえたおせち、調理のベテランが家事力を発揮して、家族に夢と元気、抱きしめたい程の夢と元気を呼びこもう、と腕をふるった献立にも心がひかれる。

人生の長旅も、やがて彼岸に渡る日を迎えよう。目指す理想の境地にたどりつき、なつかしい妻との再会をはたして、同じ時代に、一つの空のもとにいきた、かたい絆をたしかめたのち、昔日の過言をわびたい、そしてお手製のおせちを所望しよう。いやまてよ、悟りの世界であってみれば、そうした欲求自体わくものか、どうか。煩悩《ぼんのう》の此岸《しがん》にも、風のまぶしい春の気配がただよう。そうだ、彼岸の入りも、間近である。

（『あじくりげ』六七一号、二〇一四年三月）

石臼の出番

「猫のひたい」のような、私宅のせまい庭。そのど真ん中に、古びた石臼。太平洋戦争終結後、疎開先から戻って以来、ここに置かれている。春から秋にかけて、周囲の低木の葉にかくれてみえない。臼には昭和のよき時代、歳末の餅つきに主役を演じた、光輝のときが。小稿はうすれゆく記憶を追い求めながら、中小一商家たるわが家の餅つきを回想しつつ、臼の立ち位置めぐる光と影に、スポットをあてる。

「餅なし正月」の慣習が残る地域もあるようだが、名古屋ではどの家にもいる料理の達人が、独特の流儀で雑煮をこさえ、新年を祝う。基本的には焼かない角餅に、小松菜のすまし汁。カツオの削り節やカマボコを添える家庭も。そのため、「苦」に通じる九日を避け、一二月二八日に、餅をつくところが多い。当日早朝、時刻がくると、町内のあちこちから威勢のよいかけ声が飛びかい、つい華やいだ気分になる。

店舗と生活兼用の私家。家族五人の外、住み込み店員数名とお手伝いが起居をともに。開店前の寸時を活用するので、寒気凛凛《りんりん》の午前四時起床。「猫の手も借りたい」ぐらいの忙しさに、「猫よりはまし」とばかり、子どもまで動員。寝ぼけ眼をこすりながら、台所へ。くどの蒸籠《せいろう》から湯気が勢いよく立ちのぼり、寒さを忘れる。広い土間には、大役をつとめる石臼が、木製四本足の臼台にドッカと据えられ、貫録は十分、随分重重しく感じられる。

餅米が臼に移され、いよいよ餅つき開始。手始めは、鏡餅。当主たる威風と力量を一身に集め、父が杵を握って、小づき。続いて、餅つきにかかると、母が並ぶように寄りそい、手がえし。ピタリと息の合う見事さに、思わず目が輝く。あと、店員が交代しながら作業を進める（Ⅳ参照）。つぎは、のし餅。つき終えた餅をのし板に移し、「餅より高い」と俗諺《ぞくげん》が皮肉る、取り粉を振りかけつつ、めん棒で縦五〇センチぐらい、横三〇センチ程にのばす。最後は、ぼた餅。臼の中のつき立てを食べやすい大きさにちぎり、丸め、あんやきな粉をまぶして、切り溜《きだめ》に。一段落して、払暁《ふつぎょう》から活躍の臼と杵を洗う。朝食には、ぼた餅一皿がつく。

翌二九日、祖母と私は、餅切りに挑戦。のし餅をのし板の上で、ほぼ四センチ角に切りわける。基準は包丁の刃の幅で、今日の包丁よりもやや広い。案外力がいり、掌《たなごころ》が汗ばむ。

角餅といえば、私にはある思い出が。以前、滋賀県彦根市での講演の折、会場で、同地の雑煮は白みそ仕立ての、焼かない丸餅、と教えられた。と、すると角餅と丸餅のボーダーがある筈と、にわかに興味がわいた。さいわい、素朴な疑問を解決する、手ごろな文献が。毎日新聞社編刊『隣りの研究―県民性大解剖』(一九九六年)。同書の調査にしたがえば、角と丸との境目は、ズバリ、美濃と近江との国境、岐阜、滋賀の県境。旧中山道、現国道二一号線で、もうすこし子細に線引きすると、岐阜県不破郡関ヶ原町今須《います》地区と、滋賀県米原市長久寺《ちょうきゅうじ》地区とをわける、幅わずか三〇センチ程の溝川、つまり境川《さかいがわ》となる。今須集落のもっとも西の住居は、たしかに角餅。一方、長久寺側の現住二五戸では、角と丸が混在。本来は丸だが、岐阜から嫁を迎えて、角に変じた世帯も。結局、嫁と姑《しゅうとめ》との力関係できまるのでは、と地元の住民はほほえむ。とにかく、角餅文化圏と丸餅文化圏との交錯、接点が、天下分け目の古戦場とは興味深い。筆を戻す。

平穏な時代を象徴する、餅つき行事。日中戦争に端を発する戦局の拡大激化、物資の不足欠乏、商家の営業困難、そして廃業、と刻刻とかわる激動の暗くきびしい世相を反映し、しだいに途切れていく。それは終戦によって、平和の扉がふたたび開かれても、もとに戻ることはなかった。機械がつき、そして丸め、パックされた餅。職人たちの腕と誇りが凝集した、「餅は餅屋」程ではないにしても、人びとは年の瀬が押しせまると、スーパーやら生協やらで、餅製品を買い求め、雑煮一椀への祝意郷愁と愛着だけはつなぎとめた。

冬の到来とともに、落葉が進み、臼はふたたび顔を出す。そこには昔日の華麗な面影は微塵《みじん》もなく、変化に乏しい庭にうるおいをあたえ、心豊かに初春を迎える、庭石としてのあらたな出番が。ことしも、はや数え日に。

（『あじくりげ』六八九号、二〇一五年一二月）

『風紋』と私の嬉しい関係

私が以前、『新修名古屋市史』の編集でお世話になった、元名古屋市市政資料館副館長鞍貫正法氏から、目にさわやかな装丁の美本をいただいた。題して、『風紋』。平成二二年六月に急逝された、奥様妙子様の遺句集で、一周忌に合わせて、墓標として上梓されたとか。

ありのままにいえば、私は俳句に暗く、句自体の感想は能力をこえる。ここでは、巻末の、鞍貫氏の筆になる、「あとがきに代えて」の、「妻と俳句の微妙な関係」を取り上げ、一言したい。

かって、氏は私に、「独立した書斎を持つのが夢」と洩らされたことがあった。今ようやく、その意味が理解できた。行政の達人のイメージからは想像もできない、豊かな文才と並並ならぬ筆力にめぐまれた、颯爽たる文人の姿が、そこに。夫人の俳人としての御成長ぶり、御他界前後の緊迫した空気、御生前のエピソード。格調高い文章が、馥郁《ふくいく》たる人生行路を鮮烈に際立たせる。

私事にわたるが、私も氏より四ヵ月前、糟糠《そうこう》の妻をなくした。なにかの刺激で、突如、愛別難苦《あいべつりく》の業火が心奥に燃え広がることもすくなくない。そうした苦悶のなかで、氏の哀愁あふれる寸言を想起する。「妻の死後、長い間、妻はどこへ行ってしまったのかと思わぬ日はなかった」。そうか、泣くのは自分だけではないのだ。安全網の力を借りて、諦念《ていねん》の涼風が体内をそよぎはじめた。生への勇気が、戻った。

そうだ、私もまねて、妻恋いの詩《うた》を書いてみようか。いや、書かねばならない、私たちふたりのために、である。

（『ゆいぽおと』六号、二〇一一年一一月）

付載　朱夏点描

三十年目の結婚

私が現在、曲りなりにも、勤務先の愛知学院大学で日本法制史の講義ができ、拙劣ながらも、一応論文が執筆できるのは、ひとえに恩師平松義郎先生の御指導のおかげである。先生より受けた海嶽の学恩には、なんとお礼を申し上げてよいか。ことばにいいあらわせない。

昭和二八年（一九五三）春、私は旧制名古屋大学法学部卒業と同時に、日本法制史専修の大学院特別研究生に採用された。名古屋大学助教授御着任そうそう、最初の、しかも自分とさして年齢差のない弟子の出現に、先生はおそらく戸惑われたにちがいない。学問の世界にとびこんできた未熟の若者を、一人前の研究者に教育する重い負担、大きな責任を感じられたにちがいない。先生は私の教導に心を砕かれ、法制史自体の手ほどきから生活上の注意まで、こまごまとお教えになられた。そして、きびしく実行を命じられた。その内容は多岐にわたり、とうていいいつくせるものではない。

二、三をあげれば、「原稿は期日におくれるな」、「最晩年まではテキストを書くな」、「学会発表当日は、だれよりも早く会場へ」、「学部長にはなるな」、「結婚は助教授就任後に」等等。どれもこれも研究者としては当然のこと。私は胸に深くきざみこんだ。順守につとめた。

いまふりかえってみて、ある一事を除けば、それほど違背したことはないのではないか、とひそかにおもう。

まず、原稿の点。突然の大病とか、勤務先の予期しない公務とかで、いくらか遅延した事実はある。だが、おおむね目をつむってもらえる範囲だ、と信じている。第二のテキストの件。たしか、先生が御健康を害される、すこし前であったろうか。私を呼ばれ、青林書院新社から、日本法制史のテキスト出版につき依頼がきた、ついては近世公法史の一部を分担してくれないか、とのお話。私は一瞬けげんな表情を浮べて、「テキストはもっとあとに書くのではないでしょうか」と、おたずねした。すると、先生。照れくさそうに、「いや、もうよいではないか」。御厚意に甘え、受け持ち部分を書かせていただいた。締め切りにじゅうぶんまにあわせたことはいうまでもない。もっとも、幸か不幸か、諸種の事情により、教科書はまだ日の目をみないでいる。

以前、私は法制史学会で報告したことがある。当番校は早稲田大学。時間まで相当の余裕があった。しかし、山手線高田馬場駅からタクシーを急がせた。会場はがらんとして、人気《ひとけ》はまったくなかった。第四の学部長。いまの大学に就職して、三〇年近い。その間、学部長を務めたことは一度も、ない。大学当局や同僚には申訳ないが、目こぼしに預かっている。

ところが、まことに残念にも、ただひとつ、先生のおことばに背いたことがある。結婚に関する。当時、弟に縁談が持ちあがり、母は長男の私があとになっては、と火のついたように結婚をせきたてた。ついに、大学院の学生の身分で、嫁を迎える破目におちいった。本当は先生御夫妻に御媒妁をお願いしたかったが、どんなお叱りをこうむるか、それを考えると、口がさけてもいえない。親兄弟の内輪だけの、すこぶるさみしい、ひっそりした結婚式をあげた。新婚のころ、妻と連れだって外出したことは、ただの一度も、ない。こんな一幕も。大学の同級生で、いっしょに愛知学院大学に赴任し、のち九州大学へ転じた故横山晃一郎氏が、なにかの用件でわが家を訪問された。運わるく、私は不在。応待に出た新妻に、彼はふしぎそうに声をかけられたとか。「あのう、林君の奥さんですか」。妻はきっぱりした口調で答えた。「いいえ、ここの女中でございます」。あとで、「私は日陰の女なの」と顔をゆがめながら、綿綿とぐちをこぼされたのには、ほとほと閉口した。

三十年の歳月が夢のように流れた。痛恨の先生御昇天。続いて、名古屋大学豊田講堂での盛大な学部葬。私は妻を同道して参列。ふたり並んで、御遺影に深ぶかと頭をたれた。心のなかで、謹んで結婚を御報告し、御宥恕を願った。「先生、これが家内です。長年の失礼をなにとぞお許しください。そして」と息をつぐ。きつい御叱責は覚悟していますが、どうか私たちをお認めください。そのあと、先生のお写真に寄りそうように立たれた奥様にも、妻をごらんに入れた。奥様は温和な微笑をもってうなづかれた。積年の重荷がいっぺんにはずされ、その場にへたへたとすわりこみたい衝動が全身を走った。三十年目の結婚―。御葬儀の帰途、胸の底で、なん度もなん度もつぶやいた。

弟妹弟子の林由紀子、加藤英明、神保文夫三氏によれば、先生はお年を召されるにつれて寛容になられたらしい。が、私は学問にも、弟子にも、また御自身にも、峻厳な先生しか知らない。そうした先生を私は敬慕し、誇りにしているのである。

（平松則子氏編『遺香　追想の平松義郎』一九九〇年九月、近代文芸社）

休みは目前

「先生って、いい職業ですね。一般のサラリーマンとちがい、ながい夏休みがあって――」。

梅雨空から強い日ざしがもれるころになると、うらやましそうな口ぶりで、あちらからもこちらからも声をかけられる。そうとられても、仕方があるまい。適当にひるねをたのしんだり、一家あげて、海や山へ足をのばしたりできるはずの暑中休暇が、私の場合、七月と八月のまるまる二ヵ月ももらえるからである。だがしかし、それはとんでもないこと。現実はかなりちがう。

第一に、休みにはいると、クラブの合宿が待ちかまえている。いくら大学生だ、自治活動だといってみても、クラブの顧問部長の職に身をおく以上、「あまりかかわりあいのないことで」と、すましとおせるわけにいくまい。いやむしろ、部員たちとしたしく接触できる絶好の機会とばかり、すすんで陣中見舞いに訪れる、菓子やジュースをたずさえつつ。もちろん、それについて、なやみがないことも、ない。合宿地が、クラブごとに、まったくばらばらなのがひとつ。目下三つのクラブをかかえている私は、全部をまわるために、相当の日数と体力をついやす。四国の足摺岬、長野県の駒ヶ根、同じく蓼科。これは昨年の例。合宿の期間がかさなりがちな点も、困りもの。まさに、「あちらを立てれば、こちらが立たず」で、訪問日程のやりくりに、四苦八苦するのも、けっしてめずらしくない。

夏はまた各種公務員試験をはじめ、銀行会社などの就職戦争が火をふくシーズン。ゼミナールの学生がたびたびやってくるため、研究室をとじたままにすることは許されない。「どんな業種がむきますか」、「この企業を希望するのですが、いかがでしょう」。熱のこもった真剣な相談に、一時間も二時間もつきあう。志望先の会社へ提出する推せん書の作成も、教員としての大事な役目。三〇人を数えるゼミ学生の青春の夢が、いくらかなりともかなうよう、本人の長所を適切なことばで表現してやりたい、けれども、誇大宣伝は絶対につつしまなくては―。ここに推せん書づくりの苦心が秘められ、たとえばえ成績の表示だけをとっても、優秀と書いてよいか、優良にとどめるべきかなど、神経をつかうこと、おびただしい。三月に、学窓を巣だっていった卒業生が、りっぱな社会人に変身して、姿をみせるのも、夏休みにおおい。新入社員研修での失敗やら、自社製品のじまんやら、しばし話に花が咲く。そして、たまには、「はじめてのボーナスで買ってきました。先生、どうぞ」と、守口漬のたるを差しだす孝行むすこもあらわれて、ほろりとさせられる一幕も。が、いいことばかりではない。職場の不満をもらし、すぐ退社したい、と思いつめた表情でいいきる教え子もいる。「学生時代のような考えではだめだよ」と、力をこめて根気よく説得。「なんでも、はじめはつらいさ」。

第三に―。「休みになれば、多少のひまはつくれますので、それまで、ぜひ」。逃げるつもりはさらさらないのだが、安易に延期してもらった雑文の執筆や講演会への参加が、七月の声を聞くと、せきを切ったように、一度にどっと押しよせる。壁の予定表に、鉛筆でこまごまと記入された文字を、じっとにらみながら、日程のわりふりに、思わずため息をつく。まだある。研究をしない研究者にはなりたくない。まがりなりにも、論文は年間最低二本を発表しよう。殊勝にも、心に誓った私。ところが、恥しいことに、面目ないことに、あとがつづかない。講義や会議や雑務に追われてしまって、と勝手な口実をつけて、みずからの怠惰を、いちおう棚にあげてみたものの、休暇にはいればそれまで。史料の収集にあるき、本とノートを机につんで思索にふけり、原稿用紙にせっせとペンを走らせる。

だからである。解放感が味わえることはべつとして、先生の夏休みなんて、逆にふだんより仕事がふえるくらい。世間で想像されるほど、のんびりしたものではない。さあ、ことしも忙しくなるだろう。夏休みは、もう目前。

（『ＯＫＵＭＡ』四五号、一九七三年七月）

先生失格

とにかく、先生と呼ばれるようになったのが、昭和三二年（一九五七）だから、もうかれこれ二十年。「ずいぶん古くなりましたね。ベテランじゃありませんか」と、ひとからとき折お世辞をいわれるし、ついつりこまれて、鏡に自分の姿をうつしながら、「いくらかは貫禄が出てきたかな」と、にやにやすることもある、きょうこのごろ。

事実、講義や演習の内容に関連して、学生たちから、難問をぶつけられても、おどおどしない。ゆっくりした調子で、「うん、いまの問題については、なになにの本を読みなさい」とか、「その点は、こう考えるのがいいとおもうね」とかこたえる。むかし、もっとも苦手だった進路指導や人生相談もだいじょうぶ。「ぼく、県の中学校教員採用試験を受けたいのですが」、「賛成だ。教職にむくよ、きみは」。「けれども」と、彼の表情はさえない。「親は大学院へ進学させたいらしいです。学部卒業では、高等学校教諭の免許状は二級なんですが、大学院の修士課程を終えると一級がとれます。それで」、「なるほど。しかし、きみは中学校の先生になりたいんだろ。中学校なら、学部も大学院も、一級免状がもらえるはずだから、同じではないかな」、「そうですね、そうですね」と、大きくうなずいたあと、彼はいたずらっぽく笑って、「実を申しますとね、入学試験は大学のときだけでけっこう。これ以上はいやなんです」。

もうすぐ学窓を巣立とうとする、ゼミの女子学生が研究室を訪れ、深刻な顔つきで訴えた。「学校を出たら、彼と結婚しようと思います」、「ほう、相手はいくつ。どこにつとめているの。家庭の状況はどう」と、形どおりやさしくたずねる。そして、しばらく間をおいて、「まあ、よさそうじゃないかな」、「先生も、そうおもってくださいますか。でも、だめ」と、突然涙ぐむ。こうした事態にさわぐのは、絶対に禁物。じっと、あとのことばをまつほかはない。「私、ひとりっ子でしょう。父母がうちへきてもらえばよいが、嫁に出すのはまっぴら、とこういいはるんです。彼は長男。どうしましょう、先生」。ほっとため息をついてみせた私。「よわったね。で、きみ、思いきることができるかい」。きっぱりと、「できるものですか。私も、それに彼だって」。彼の言葉に、とくに力をいれる。「ふむ。結局、結婚は当人の気持しだいさ。それほど好きなら、ながい時間をかけても、御両親とよく話しあって、納得していただくんだね。希望だけはうしなわずに、いいかい」と激励。すると彼女。「先生におっしゃられると、親もかんたんには反対できません。お願いです。近いうちに、家へきて、口説いてくださいませんか。ぜひお願いします」と、いすからたって、頭をさげる。

教え子の目には、私は、物わかりのいい、おひとよしの人間に映るらしい。がしかし、彼等ひとりびとりの幸福のためとあらば、そうそう、知らぬ顔の半兵衛をきめこむわけにもゆくまい。むしろ、教師の生き甲斐みたいなものをしみじみ感じるのは、こんなときなのである。

ところが、私は、わが家の敷居をまたぎ、家庭の人となった途端、すっかりかわってしまう。恥をしのんで打ちあければ、高校生の娘とむすこは、社会科の成績がかんばしくない、社会科学専攻の教員を父にもちながら。残念至極、くやしくてならない。ついに、私は腹をきめる。「よろしい。ひとつ、子どもを教育してみるか」。それには、まず自身が模範を示さなくては。かくして、大学から茶の間に仕事をもちこみ、歴史書や法律書をひもとく仕儀とあいなった。が、現実はあまくない。言葉どおり、「暖簾《のれん》に腕おし」で、反応まったくなし。舌打ちして、私は、つぎのあたらしい手を思案する。そうだ、子どもが欠かさずみている、NHKテレビ、大河ドラマ「元禄太平記」を利用して、歴史にたいする興味を呼びおこそう。日曜の夜、彼らにつきあいつつ、さりげなく、「柳沢保明は幕府でどういう役職についていたかな」、「御三家は、水戸家のほか、どことどこ」ともちかける。しかしである、苦心の作戦も、図にあたるどころか、逆効果。「うるさいな。すこし黙っててよ」。ことここにいたっては、心中おだやかではない。ちかく世界史のテストがあるのに、番組が終ったのちも、イヤホーンで、音楽らしいラジオ放送をききながら、テキストに目を走らせるむすこに、雷をおとした。「これ。これはなんだ。もっと真剣に勉強しないか」。叱りつけては、よい教育ができないことぐらい、百も承知。だが、わが子となると、「わかっちゃいるけど、やめられない」のはなぜだろう。学生に接するのと同様、どうして冷静になれないのか。もうだめだ。青息吐息寒風が胸を吹きぬけていく。

「お宅はよろしいですね。お父さまが先生ですから、教育がゆきとどいて」。ＰＴＡなどで、家内は、奥さま方からよくうらやましがられるらしい。どうして、どうして。まさに、「医者の不養生」、「紺屋の白袴《しろばかま》」なのである。私はおもう、「わが子の教育さえ満足にできないものが、よそさまの大切なお子さんを教えるのはおかしいではないか」と。さらにおもう、「二十年選手とは名のみで、実は、先生として失格なのではあるまいか」と。

（『ＯＫＵＭＡ』五〇号、一九七五年四月）

求む、通勤時間

「上に住み、下で働く」
「通勤時間一分間―シカゴの百階建ビル」

つい先日、なにげなく新聞をひらいた私の眼に、いきなりこんな見出しがとびこんできた。一階から五階までは銀行、デパートなどの店舗、一三ないし四一階のオフィスのうえに、四五階以上九二階のアパートがのっかる。九五、六階はレストラン。まだある、四四階にプール。「ビッグ・ジョン」との愛称をもつ、外国のこの巨大な「ジョン・ハンコック・センター」は四八階の住人、銀行の女性預金係長さん。朝七時起床。まわりを片づけ、ゆっくりした朝食。新聞をたんねんに読んでから出勤する。「世界最高速」が自慢のエレベーターを利用すれば、二階の職場まで、ものの一分とかからない。おひるも自室で、ちょっと。朝夕の混雑にさんざんいためつけられる、日本のサラリーマンにとっては、まったくの夢物語。ため息が出る。「さぞ、上と下と、縦の通勤希望者が、わんさと押しかけるにちがいあるまい」と、おもわずつぶやく。

ところが、ところがである、意外も意外、ビルの持ち主、保険会社の説明によれば、上下族はたったの三六人。だいたい、大家さんのオフィスで執務するひとは、すべて外からかようとか。ビルには、日本商社のいくつかが、大きな事務所をかまえるが、そこの駐在員についても、事情は同じらしい。私はここで、微笑を浮かべながら、二つ、三つうなずいてみせた。「それはそうだろうな」。

これから先へ活字を追わなくとも、理由はいたいほどよくわかる。なぜなら、このつとめとすまいとの縦の空間を、また時間を、そっくりそのまま横にしたくらしを、私はいま続けているから。打ちあけると、わが家は勤務先の門前にあり、学校とは家族ぐるみのつきあいなのである。

私の心のひだに、成長した子どもがまだおさない時分の、こんな思い出がきざまれている。ある初夏の夕ぐれ、道路に面した教室で、講義に余念がなかった。と、突然、まったく突然、かんだかい叫びが、あたりの静寂を破った。「ああ、お父さんだ」。みると、窓にぶらさがり、教室をのぞきこむ、みなれたいたずらっぽいわが子の顔。「ほら、あそこで教えているじゃない。ねえ、そうだろ」と、遊び仲間に得意そう。いやもう、びっくり仰天。当世はやりの、あっとおどろく、なんとか、である。教師と父親がぶつかりあい、私の頬に火花が散った。どっとあがる学生の哄笑。

昨秋、かぜをこじらせた。お医者さんのきついすすめで、ひるまから床のなかに。だが、それからがいけない。時間の区切りを告げる大学のチャイムの音、先生のマイクの声が遠慮なく耳にとびこむ。ラジオのスイッチをひねり、ふとんに頭を深ぶかとうずめるのだけれども、さっぱりききめがない。追われるように、翌日には、もう研究室に出勤する破目となる。

「奥さん、宿題のレポートをもってきました」

「おおきな荷物です。帰りまで預っていただけませんか」

「わからないところを教えてくださいい、先生」

学生は学生で、自宅をまるで大学の研究室か、クラブの部室のようにこころえている。とにかく、仕事と家庭と、はっきり区別するのはたいへんなこと。よほどの急用でもない限り、わざわざまわり道をして通勤、気分の整理をする苦労など、とても理解してもらえないだろう。

このはげしい交通戦争の時代。「なにをぜいたくな」と、たちまち非難をあびるにきまっている。が、私はほしい、職住にかっこうなへだたりを、適当な通勤時間を。そういえば、百階建ビルの例の新聞記事は、おわりに、日本商社のある支店長氏の談話を、こんなふうにつたえている。

「通勤時間があってこそ、仕事と家庭のけじめがつくのです。同じようなビルが、もし東京にできたとしても、けっして住みたいとはおもいません」。

（『ABC通信』二七六号、一九七〇年一〇月）

娘たちと私

モントリオール・オリンピックでの、女子バレーボール選手の活躍はまったくすばらしい。だれもが目をみはり、感歎の声をあげたにちがいない。しかし、私は同時に、彼女らをここまで育てられた、監督やコーチの方がたに、絶賛の拍手をおくりたい。男の身として、いや、だからできた、といわれるかもしれないが、ゆれ動く若い女性の心をみごと掌握し、きびしい練習によく耐えさせられたものである。私はほんのちょっぴり、似た経験をもつ。

十年ほどまえ、学生のサークルのひとつ、女声合唱団の顧問をおおせつかった。楽譜も満足によめない、私が、である。女声と銘うつ以上、部員は女子学生でなければならない。ところが、大学は旧制中学から発展してきた関係上、男子が圧倒的多数を占める。文字どおり、空前絶後のクラブであった。したがって、運営は発足そうそう、壁に突きあたる。たとえば、である、まず練習場さがし。娘たちの腕ではなかなかうまくいかず、顧問の出番。当時の学校付近は、さいわいお寺が多い。

「本堂をお貸しいただけませんか」。たいていはことわられるが、救いの神、ただしくは救いの仏もないわけではない。だが、欣喜雀躍《きんきじゃくやく》するのははやい。ていねいに礼をのべたあと、おそるおそる、「で、一ヵ月のお代はいかほどでしょうか」ときく。部員の小遣いから出すクラブ費などしれたもの。部屋代があまり高いと、譜本やコピー用紙が買えない。せっかくきてもらう指導者への謝礼も捻出できない。

つぎは夏の合宿。五月ごろ、旅行案内やら、時刻表やらを持ちより、長い、それはそれは長い相談。

「ことしは涼しい信州にきめたら」

「あら、離島のほうがよくない、ロマンチックで」

ようやく話がまとまり、部長のA子。

「下見をしたいのですが、先生もいっていただけますか」

「いいよ」

要請されれば、職務上腰をあげざるをえない。人さまの大切なお嬢さんを数日間も預かるのだから――。ねらいをつけた民宿数軒をまわり、環境、部屋の配置、練習場の有無を検分、宿泊費を交渉する。合宿は地方出身者の便を考慮して、大学の新学期開始直前の八月下旬におこなう。台風の動きには、じゅうぶん心を払わなければならない。

いよいよ出発。もちろん同行する。そればかりではない。男では繊細なおとめの胸中を理解できないときも、と家内を連れていく。自然、三人の子どももで、民族ならぬ、家族大移動。

娘たちは列車のなかでも、宿舎についてからでも、よくしゃべり、よく笑い、よくたべる。みな元気そうで、ほっと息をつく。ところが、である、夜になって、予期しないことがおこった。「先生」と、部屋のそとで、部長A子のさもこまり切った声。

「B子さんが家へ帰りたいといいます。どうしましょう」

「よわったね。終列車も出てしまったし」

べそをかいているB子に、きっとした調子で、「大学生のくせになんだ。はずかしいよ」。ところが、ところが一夜あけると、彼女はなにごともなかったように、コーラスにとけこんでいた。「だれかさんが、だれかさんが――」。歌声が心地よく耳にひびいた。

秋には発表会、年末にはパーティー、春になると、「残念、男の子はだめなの、女の子多数求む」とのポスターを張り、新入生の入部勧誘。行事はまがりなりにも消化される。

異色のサークル女声合唱団。が、今は、ない。部員不足で、解散を余儀なくされたからである。先ごろ、OGたちが、病気の全快を祝って、私のために、コンパを開いてくれた。久しぶりにそろった、久しぶりにみるなつかしい顔、顔には、主婦の貫禄と自信があふれていた。私への「全快おめでとう」もそこそこに、夫君の品さだめや子どもの自慢に、話の花が咲く。そのにぎやかなこと、私は忘れられた存在となったらしい。かえりはかえりで、C江の御主人が、会場まで車でお出むかえ。舌端火を吐くがごとく、亭主に徹底攻撃をかけたC江は、いそいそと座を立つ。おかしいやら、あきれるやら。結局、私は家を留守にする口実に使われたのか、とついぐちをこぼしたくなる。しかし、娘たちの幸福にみちた表情、よちよち歩きまわる子どものあとを追う動作、学生時代の追憶にはずむ会話。みるものきくもの、すべて新鮮でたのしく、これでよいのだ、と心底おもう。また、こうもおもう、合唱の指導はなにひとつしてやれなかった私が、二度とこない青春に、いくらかなりともうるおいをあたえたことはたしか、だからこれでよかったのだ、と。

とにかく、五輪女子チームの監督やコーチの方がたはえらい。御苦労さま。

（『ABC通信』三五四号、一九七六年九月）

ああ、結婚シーズン

晩秋一一月――。ことしはどうやら平穏無事に終わるらしい。台風の話ではない。春にも、そしてこの秋にも、教え子と、彼等の結婚式や結婚披露宴への出席をめぐって、ただの一度ももめなかったことをいっているのである。

教師を職業とする以上、卒業生から慶事に招待される機会は多い、そのときには事情のゆるす限り、出るのがつとめの筈、一体どうして問題となるのか。きっと、首をかしげられる向きもすくなくあるまい。そのとおり。当の本人でさえ、やはりよろこんで席に連なるべきだ、とおもうのだから。

もう二十年ちかくなろうか。私はひとりの教え子に、華燭の宴に招かれた、うまれてはじめて。「いいよ」と、気軽に承諾したところまではよかったが、式場を聞いてびっくり。なんと東京のKホテル。新幹線のない時分、往復に一日はたっぷりかかる。当夜、名古屋に所用を予定していたので、「東京では、とてもだめ」と、前言をひるがえした。

相手は失望落胆。かわいそうになった私は、なぐさめ顔で、「すまん。そのかわり、公平を期する意味で、以後、だれの場合でもことわる。だから、こらえてほしいよ」。よせばいいのに、ついきっぱり宣言してしまったのである。

男子の一言。おかげで、今日にいたるまで、四百人をこえるゼミ出身の息子や娘の結婚披露宴に、出席したことがない。まったく、ない。が、打ちあければ、これはいうは易く、おこなうは難し、であった。むこうは慣例を破らせよう、とあの手、この手で攻撃をしかけてくる。

婚約者をともなない、挨拶にかこつけて頼むのは、まず初歩的。未来のお嫁さん、お婿さんをまえにして、初対面から、つれない返事はしにくい、わるくおもわれては、との意識もこちらで強く働く。ことわりの口上が、自然にぶりがちになるのも、やむをえまい。

家内に泣きつく作戦も、よく使われる。将を射んとせば、のあの伝である。彼等は私が登学中なのを、じゅうぶん承知して、わが家の門をたたく。「うまくお願いしといてください。奥さん」と、頭を深ぶかさげる。生来のお人よしだから、たまらない。「気の毒ですよ、Aさんが。承知してあげないと」。同情した色を浮かべて、妻はさかんに口説く。

B子の巧妙な手口には、感心の外はない。私の自宅とは目と鼻の間のO会館を予約したから、ぜひ、と彼女。私、謝絶。「仕方ありません。あきらめます。でも」とほほえむ。「一生にたった一度の晴れ姿。みていただけないでしょうか。いいでしょ、そのくらいなら」。そうだな。「ね。ですから、開式の直前にでも、いらっして」。すぐ近くのことだし。じゃあ、のぞいてみるか。目尻をさげて、うなずく。当日、式場控え室まで足を運んだことはいうまでもない。いる、いる。そこには幸福を絵にかいた姿があった。おめでとう、きれいだね。すると、B子。いたずらっぽい目つきで、ささやいた。「ありがとうございました。せっかくですもの。ついでに式にお出になって」。やられた。あざやか。しばし呆然。

C子の強硬姿勢にはなやまされた。「オーケーしてくださるまで、動きませんから」。研究室にはいるなり、すごむ。ま、そのうちあきらめるさ。たかをくくった私。だが、どうして、どうして。三〇分たっても、びくともしない。一時間、二時間、あたりはしずかになるし、暗くもなる。内心、あわてた。ついに折れた。そして、一個の妥協案を持ちこんだ。「特別に、だよ」と、力を入れる。「特別に祝辞を書くから、友人代表のD江に、宴席で代読してもらおう。どうかね」。声をひそめて、「ただし、これはみなに内緒」と、恩を着せることも忘れない。いくらねばっても、目的が達せられぬ、と観念したのか、案外素直に受けいれてくれた。が、私としては、これからがたいへん。すべての仕事をストップさせて、苦心惨憺。どうやら彼女が満足しそうな一文を起草するのに、半日以上もついやした。本番の日の夜。D江のかんだかい調子が、電話のむこうでひびく。「先生、おっしゃるとおり、朗読しました。もう、くたくた。だって、むつかしい字が出てくるんですもの」。「ああ、申しわけない。御苦労さま。で、原稿どうなった」。「手もとにありません。C子が記念にする、と巻きあげていってしまって」。

娘たちの巧妙さ、熱心さには、かぶとをぬぐ。彼女たちにくらべて、男性連中は——。むろん、彼等もまけてはいない。ただ女性とちがい、こんな面倒な、まわりくどい戦術をとらないだけ。花嫁候補者をどう説得したのか、アベックでやってきて、最後の切札を突き出す。「仲人には、先生が一番適任です。当日、ただすわっていてくだされば けっこう。お願いします」。これにはまいった。結婚式に出ない仲人なんていないからである。弱味をつかれ、もう二十組程媒妁の労をとらされている。

とにかく、今年の結婚シーズンは終幕、一息つくこのごろである。おだやかな秋。

(『ABC通信』三六八号、一九七七年一一月)

あとがきに代えて

私には、エッセイなど短文を書くとき、原稿用紙の枡を最大限活用する、かわった習癖《しゅうへき》がある。本書に収録の作品の大部分が、こうした筆癖《ふでぐせ》によるので、一言弁解させていただきたくおもう。なお、これ等については、拙稿「『尾張藩漫筆』のころ」と題した、一般社団法人名北労働基準協会会報、『名北労基』九三九号（一九九〇年一〇月）に、若干ふれられていることをおことわりする。

さて、私は原稿用紙に文字を書くとき、新行に一字下げて書き出す以外、すべての枡をフルに使う。使うようにつとめる。たとえば四〇〇字詰め四枚、と注文された場合、四枚目最終行の一番下の区画に句点を打つ。だから、なかなかピタリおさまらず、何回も書き直す。あきれた友人や妻は口をそろえて、「まるで電文みたい」と笑う。

このような風がわりの習慣は、用紙を最大限に活用し、自分の考えていることをすべて書くように、との恩師名古屋大学教授平松義郎先生の御指導によるところ、極めて大きいが、じつは漱石の小品「夢十夜」のうち、第六夜、仏師運慶の小話からの刺激も無視できない。この話の内容はよく知られているが、要約すると。

運慶が護国寺山門で、仁王を刻んでいるとの評判だから、散歩がてらいってみると、大勢集まって、しきりに下馬評。自分は、よくああ無造作にのみを使って、おもうような眉や鼻ができるものだな、とあんまり感心したから、独言のようにいった。すると、若い男が、なに、あれは眉や鼻をのみでつくるんじゃない、あのとおりの眉や鼻が木の中に埋っているのを、のみと槌の力で掘り出すまで、まるで土のなかから石を掘り出すようなものだから、けっしてまちがう筈はない、といった。

私の胸に、電光が走った。そうか、眼前の原稿用紙の一つ一つの枠には、それに最上最適の文字が埋もれているのだ、それをペンで掘り起こすのだ、と。また、おもう、とすれば、たった一枡といえども、粗略に向きあうべきでない、と。だが、しかし、私はこれまで、珠玉の、黄金の言葉を掘りあてた、と自信をもって断言できる経験が、ない。まったく、ない。何度も書きあらためることにより、いささか近づくことはできたにしても。執筆の懊悩《おうのう》や苦渋《くじゅう》は、短章のエッセイも、長文の学術論文も、まったく同じなのである。

＊＊＊

この本を構成するエッセイ、とくにⅣ、Ⅴの内容となった駄文を執筆するにあたり、私は明治二十年代に、祖父によって創業された、地銅商、金物屋のわが家の習慣とか、年中行事とかに、つとめてふれようとした。名古屋堀川端の材木屋から祖父に嫁いだ祖母、下町の海産物商、俗にいう生鯖屋の娘で、二代目の父の妻となった母。名古屋弁で「ごっさま」と敬称されるふたりの女性の、ちえと汗によって支えられた、典型的な名古屋碁盤割中小商舗の暮らしの実像を、いくらかなりとも書き残したい、との微意にもとづく。だがしかし、拙稿の収載が多く食文化の専門誌、あるいは宗教関係の新聞であったため、それ等の分野にかたよりがちになるのもやむをえない。

さいわい、亡妻が同じく碁盤割で営業の、カーテン室内装飾業の実家における、日常生活を綴った作文が、杉浦秀雄編『杉屋工芸七〇周年記念誌』（一九九四年）にのせられているので、すこぶる未熟な出来ではあるが、ここに引載しよう。時期は太平洋戦争終結後まもなく、当時、店主の住宅と店舗が同一建物で、主人家族と住みこみ店員とは同居していた。

おもいだすこと

林　君枝

私が店について記憶のあるのは、昭和二五年、高校一年に（疎開先の）豊明から朝日町に移ってからです。

戦後まもないころは、朝日町の店舗兼住宅の裏庭で、応接セットの張りかえをしていて、興味深くみたものです。私は店先でカーテンの丸かるやひるかんをつけたり、日除けブラインドのハネを通したりして手伝いました。住み込みの人をふくめて九人の食事をつくりに台所へも立ちました。母はいつも白の割烹着を着て忙しく働いていましたが、大世帯のやりくりでさぞ大変だったことと思います。

近くの夜間高校へ、店が終ってから通う人もおり、昼間から学校へ行く私は、申訳ない気持でいっぱいでした。

奈良へ父と弟と一泊の店員旅行に出かけたことも、なつかしい思い出です。母は店番で参加しませんでした。今でも残念でなりません。

ここでも家事に、店務に、身を粉にして働く、ごっさまの活躍が光彩を放つ。

＊＊＊

「仕事場を持つなんて、うらやましい」。羨望の声をよく耳にする。定年を目前にして、先輩から、大学をやめて研究室がなくなっても、仕事を続けたければ、その場所の確保こそ大切、と親切なアドバイスをいただいた。もっともなこと、と深くうなづいた私。四七年勤務した証《あかし》として手にした、大事な大事な退職金のすべてを使い切って、自宅と咫尺《しせき》の間《かん》、緑ゆたかな、戦国武将織田氏の旧跡城山に、新築マンションの一室を購入、老後における研究の拠点に。一万冊をゆうにこえる図書と、膨大な史料と雑誌を搬入した。居間はもとより、ダイニングルームまでそれ等で埋めつくされた。と、ここまでは思惑どおり、事が運んだ。ところが、現実はそうあまくない。せまいながらも、一戸の主人。マンション管理組合の一員として、順番がくれば役員をおせつかり、理事会への出席が義務づけられる。ゴミ当番もまわってくる。消火訓練にも参加せねばならない。清掃会社まかせの現役のときの研究室とちがい、自分でキッチンやトイレの掃除も。一軒分手間がふえたことに気づき辟易《へきえき》するが、もうおそい。しかし、しかしながら、物音ひとつしない、街の喧騒と完全に遮断された、静寂の帳《とばり》のなかで読書し、研究に沈潜《ちんせん》する幸福は、老いの愉楽《ゆらく》何物にも代えがたい。

＊＊＊

「売り家と　唐様で書く　三代目」という川柳の教えるとおり、私の研究者志向によって、家業廃業。おかげで、商家三代目の「ごっさま」になりそこねた妻。だが、「わが家は名古屋商人」との矜持《きょうじ》を高くもち、その仕来《しきた》りの継承に注力した、彼女。

「亭主の好きな赤烏帽子《あかえぼし》」よろしく、夫婦のかけがえのない共同財産たる退職金のすべてを、身分不相応なセカンドハウス買得に、二つ返事で承知してくれた。

ときは過ぎに過ぎて、伴侶が長逝して、平成二八年（二〇一六）二月で、まる六年、七回忌の法会を営む時期がまもなく訪れる。ことしも葉が落ちて痩軀となった城山の木立が、「冴えかえる春の寒さ」に小刻みにふるえ、しのび泣く、絶望の渕を彷徨《ほうこう》し、号泣したあの日のように。なき人の面影をおもい描くとき、追慕の情と感謝の念が、胸奥をはげしくゆさぶり、私は今なお目頭をそっと押さえるのでる。

収載図書・雑誌・新聞一覧

あじくりげ
遺香　追想の平松義郎
ＡＢＣ通信
ＯＫＵＭＡ
ＪＩＧＡ東海会報
週刊司馬遼太郎 街道をゆく
中外日報
ＮＡＫＡ
那古野
名古屋港
ゆいぽおと

東海志にせの会　名古屋市東区葵
近代文芸社　東京都文京区音羽
名古屋ＡＢＣ　名古屋市中区栄
大隈鉄工所（現・オークマ）　愛知県丹羽郡大口町小口
日本産業ガス協会東海地域支部　名古屋市中村区名駅
朝日新聞社東京本社　東京都中央区築地
中外日報社　京都市南区東九条東山王町
名古屋中法人会　名古屋市中区栄
名古屋商工会議所　名古屋市中区栄
名古屋港利用促進協議会　名古屋市港区港町
ゆいぽおと　名古屋市東区泉

［著者略歴］

林　董一（はやし とういち）

1927年、名古屋市東区七間町（現・中区錦三丁目）、伸銅品販売の小舗岐阜屋東助こと、岐阜東商店の長男として出生。

名古屋薬学専門学校（現・名古屋市立大学薬学部）、名古屋大学（旧制）法学部から、名古屋大学大学院（旧制）に進み、1959年修了。

1957年、愛知学院大学法学部講師に嘱任、助教授、教授をへて、2004年、名誉教授。日本法制史担当。

1962年、論文「尾張藩公法史の研究」により、京都大学から法学博士（旧制）の学位を受く。薬剤師免許。

第32回中日文化賞、第21回明治村賞、第28回東海テレビ文化賞等受賞。

公益財団法人愛銀教育文化財団理事
地域環境保全功労者（環境庁長官・当時）、愛知県文化功労者（愛知県知事）、文化財保護功労者（文部大臣・当時）、地域文化功労者（文部科学大臣）。

著書（単著）として、『尾張藩の給知制』（1957年、一条社）、『尾張藩公法史の研究』（1962年、日本学術振興会）、『名古屋商人史』（1966年、中部経済新聞社）、『升半茶店史』資料編（1971年、升半茶店）、『名古屋の城下町』（1973年、名古屋市教育委員会）、『名古屋商人史話』（1975年、名古屋市教育委員会）、『尾張藩漫筆』（1989年、名古屋大学出版会）、『近世名古屋商人の研究』（1994年、名古屋大学出版会）、『名古屋の忠臣蔵―歴史の学び方』（1995年、第一法規出版）『将軍の座―御三家の争い』（1989年、文藝春秋）、『将軍の座―徳川御三家の政治力学』（2009年、風媒社）等。

経歴と著作については、林董一博士古稀記念論文集刊行会編『近世近代の法と社会―尾張藩を中心として』（1998年、清文堂出版）、愛知学院大学法学部法学会編刊『愛知学院大学論叢法学研究』46巻4号所載、「林董一教授経歴ならびに著作目録」（2005年）、林董一編『近世名古屋享元絵巻の世界』（2007年、清文堂出版所載、林由紀子氏「あとがき」）、『愛知県史研究』16号（2012年）所載、愛知県史近世史部会編「研究生活五十年、尾張藩法と名古屋商人史と―林董一さんに聞く」、『なごや文化情報』365号（2015年）所載、山本直子氏「この人と…」参照。

2016年1月4日現在

名古屋　城山にて

2016年2月26日　第1刷発行　　（定価はカバーに表示してあります）

著　者　　林　董一

発行者　　稲垣 喜代志

発行所　名古屋市中区上前津 2-9-14　久野ビル　風媒社
振替 00880-5-5616 電話 052-331-0008
http://www.fubaisha.com/

乱丁・落丁本はお取り替えいたします。　印刷・製本／モリモト印刷

ISBN978-4-8331-3170-4